KB263919

뻐라이어티

뼈라이어티

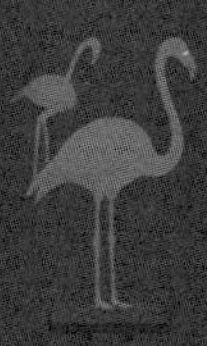

차 례

#가족·코미디

여행   7

반짝반짝 제니퍼   33

#드라마

프러포즈   67

허니문   97

나를 충청도에 묻어주오   125

#컬트

연예인   155

액션 무비   187

WRITER'S COMMENTARY   216

여행

경인고속도로에 진입하자 스파크는 제 속도를 찾았다.

소영 씨는 핸들을 불끈 쥐고 액셀을 밟았다. 구형 쉐보레 스파크는 그녀가 결혼하기 전부터 타던 차로, 시속 80킬로만 넘어가면 운전대가 덜덜 떨린다. 딩동 차임과 함께 '고속도로 통행증이 발급되었습니다'라는 안내음이 내려왔다. 하지만 톨게이트를 통과하자마자 소영 씨는 오른발을 도로 브레이크로 옮겨야 했다. 차들이 끝도 없이 밀려 있었다.

"아, 하필이면 오늘."

내비게이션을 보니, 경로는 온통 울긋불긋하다. 속 시원한 파란색은 1센티도 없다. 티맵을 켜봐도 마찬가지. 토요일이라 수도권은 영 구제 불능이다. 소영 씨는 생수를 따고 라디오를 켰다.

"제발 좀 뚫려라."

부드러운 첼로 선율이 그나마 위안이었다. 디제이의 설명을 듣진 못했지만, 아마 베를리오즈 같았다. 「환상」인지 「로마의 사육제」인지는 불분명하다. 소영 씨는 클래식을 즐겨 듣지만, 딱히 팬은 아니다. 마흔세 해를 살아오는 동안 뭔가의 팬이 된 적은 없었다. 베토벤이든 쇼팽이든 음, 좋은데? 할 뿐 깊이 빠져들진 않았다. BTS든 뉴진스든, 비틀즈든 콜드플레이든.

그건 그녀의 성격과도 연관이 있었다. 사물에 거리를 둔다고 할까. 좋게 말하면 유보적이고, 나쁘게 말하면 술에 술 탄 듯 딱 부러지는 데가 없다. 누가 종교가 뭐예요, 라고 물으면, 그녀는 불교에 가깝지요, 라고 대답해왔다. 상대가 아, 불교 신자시군요, 하면, 그녀는 신자까진 아니구요, 하며 정색한다. 그러면 상대방은 어리둥절한 표정이 된다.

심란한 날이면 근교의 절에 가서 삼배도 하고 통 크게 보시도 하지만, 엄밀히 따지면 불교 신자는 아니다. 그건 확실히 말할 수 있다. 그저 사찰 분위기를 좋아할 뿐. 딱히 '믿거나 의지한' 적은 없었다. 소원을 빈 적도 없고, 그 흔한 반야심경도 외우지 못한다. 불교식 장례에 참석한 기독교인이 '저는 기도로 하겠습니다' 유난을 떨어도 별로 밉지가 않다. 그녀는 태생적으로 뭔가의 광팬이 될 수 없는 성격이다. 그 대상이 부처나 예수라 해도 마찬가지다. 북한에서 태어났다면 뜨뜻 미지근한 성격 탓에 종신 노동교화형에 처해졌으리라. 요즘 유행하는 MBTI에 이런 유형의 성격이 있다고 들었는데, 소영 씨는 귀찮아서 심리 테스트를 받아보진 않았다.

언제쯤 오는 거야?

남편이 카톡을 보내서, 소영 씨는 '먼저 먹어'라고 답했다. 헬기를 타지 않는 한 점심 전에 시댁에 합류할 가능성은 제로다. 인천항에 늘렀다가, '그것'을 비다에 던진 후(혹은 처리한 후), 김포에 있는 시댁에 가려면 한 시간 반은 걸린다.

엄마, 할머니가 피자 시켜주셨어. 먹어도 돼?

이번엔 아들의 톡.

소영 씨는 '한 조각만'이라고 입력하고 핸드폰을 휙 던졌다. 그러다가 다시 폰을 집어 '콜라는 먹지 마!'라고 덧붙였다.

"아토피 있는 애한테 왜 자꾸 밀가루를 먹이실까."

시어머니가 답답했지만, 비좁은 스파크 안에서 할 수 있는 일은 없다. 한시라도 빨리 '그것'을 바다에 던져버리고 시댁에 가는 수밖에.

*

소영 씨가 낙지를 발견한 건 오늘 아침이다.

슬슬 가을로 접어든 시기라 하늘엔 솜 같은 구름이 떠 있었다. 청와대를 품고 있는 북악산 암벽을 보면서 아침을 맞는 건 평창동 주민의 특권. 간단히 스트레칭을 한 소영 씨는 소쿠리를 들고 텃밭으로 갔다. 정원 구석에 마련된 작은 밭이지만, 소영 씨에겐 '한살림' 출장소나 다름없다. 아침저녁으로 요긴하게 이용하고 있다. 오늘도 흥흥 콧노래를 부르며 방울토마토를 따는데, 뭔가 희끗한 게 보여 멈칫했다. 처음엔 구겨진 종이인 줄 알았다. 가끔 중학생 아들이 수학 문제를 풀다가 막히면 연습장을 찢어 창밖으로 던지곤 했다. 결코 예의 바른 행동이라고 할 수 없지만, 그렇게라도 학업 스트레스를 푸는 게 그나마 건전하다는 생각에 소영 씨는 군말 없이 치워주고 있다.

이날도 무심코 종이를 주우려 했다. 그때 그것이 꿈틀, 움직이는 바람에 하마터면 뒤로 넘어갈 뻔했다. 놀란 가슴을 다잡고 보니, 그것은 낙지였다. 그것도 살아 있는 낙지. 낙지는 흐늘흐늘한 다리를 뻗으며 텃밭 사이를 기어가고 있었다. 텃밭에는 잡초를 억제하기 위해 까만 멀칭 비닐을 씌워놓는데, 그 위로 낙지가 지나가자 선명한 물 자국이 남았다. 진짜 산

낙지인 것이다.

"이상하다. 누가 던진 걸까?"

소영 씨가 고무장갑 낀 손으로 낙지를 집어 올리자, 남편은 흠칫하며 물러섰다. 이 남자는 결정적인 순간에 한 발 빼는 버릇이 있다.

"누가 이걸 가정집 마당에 던져?"

소영 씨는 쯧, 소릴 냈다.

"꼴 보기 싫은 이웃집에 죽은 쥐를 던져두는 사례는 얼마든지 있어."

"그건 쥐잖아. 이건 낙지라고. 게다가 살아 있고."

"무슨 메시지 없었어? 협박 편지 같은 거."

"없었어. 구경만 하지 말고 부엌에서 사발 같은 것 좀 가져와."

그 순간, 낙지가 손을 꽉 움켜쥐는 바람에 그녀는 등줄기에 소름이 쫙 돋았다. 무슨 에일리언에게 공격당하는 기분이었던 것이다. 허겁지겁 빨판을 떼어내려고 분투하는 사이, 남편이 샐러드볼을 가져왔다. 소영 씨는 낙지를 샐러드볼에 내던지고 뚜껑을 덮었다. 대체 이 녀석은 어디서 나타난 것일까. 방금 바다에서 기어 나온 것처럼 팔팔하다.

"다운이 친구들이 장난친 건가? 대문 밖에서 던지고 간 것일 수도 있잖아."

남편이 말했다.

"돌아가면서 1, 2, 3등 하는 애들이야. 그런 짓을 할 리가 없지."

무엇보다, 하면서 소영 씨는 말을 이었다.

"애들이 산낙지를 던질 순 없을걸? 방금 당신도 봤잖아. 손에 꽉 들러붙어서 던져지지가 않는다구."

"당신 어제 마트 갔다 왔잖아. 장바구니에서 탈출한 거 아닐까?"

남편이 말했다.

"낙지는 안 샀네요. 오늘 유럽 가는데, 산낙지는 안 어울리잖아? 조미김하고 당신 속옷 샀어. 다운이 비행기에서 찰 목베개하고. 메모리폼으로 된 거."

"일등석인데 목베개를 왜? 등받이 뒤로 쫙 젖혀지는데."

"모르는 소리 마. 성장기 자세 교정은 중요하다고. 요즘은 중학생한테도 척추측만증이 온대."

"아무튼 슬슬 준비하자. 큰형네도 열두시까지 온대. 다 같이 점심 먹고 공항으로 가면 될 것 같아."

남편은 허벅지를 북북 긁으며 현관으로 들어갔다.

아가씨, 그러니까, 남편의 여동생이 니스에서 결혼한다고 알려온 건 한 달 전쯤이다. 아가씨는 파리 유학 중 연하의 프랑스 남자를 사귀었는데, 둘 다 자유로운 영혼들이라 혼사는 일사천리로 이루어졌다. ‘프랑스 훈남을 물었다’ ‘임신 3개월이다’라는 뉴스가 한날한시에 전해졌고, 바로 청첩장이 배달되었다.

“평생 와인은 공짜로 먹겠군.”

남편은 이런 소리나 할 뿐이다.

시누이의 결혼 상대는 문화재 복원 전문가로, 유서 깊은 백작 가문의 후손이라고 한다. 결혼식이 열릴 곳도 그 집안이 소유한 성이다. 귀족 출신이라 그런지 씀씀이도 대단했다. 사돈 식구를 모조리 결혼식에 초대한 것이다. 비행기 티켓은 무려 일등석. 티켓 값민 합쳐도 1억이 넘는다. 결혼이란 그렇게 하는 것이다.

“그거, 하수관을 타고 온 것일 수도 있지 않을까요?”

다운이 젓가락을 입에 물고 말했다.

“너까지 왜 그래? 빨리 밥이나 먹어!”

소영 씨가 호통쳤지만, 오호, 하면서 말꼬리를 물고 늘어지는 남편.

“그거 일리 있는데? 옆집 부엌에서 빠져나온 놈일지도 몰라. 억울하게 누명을 쓴 낙지가 필사적으로 하수구를 기어서 탈출한 거지. 이른바 쇼생크 낙지라고 할까. 의지가 강한 낙지였던 거야.”

소영 씨는 꾹 무시하고 샐러드를 만들었다. 텃밭에서 따온

방울토마토와 바질 잎, 에멘탈 치즈, 유기농 요거트와 아보카
도 오일을 뿌려 두 남자 사이에 두었다.

"그럼 저걸 어떻게 하려고요?"

다운이 물었다.

그러게, 어떡할까.

소영 씨는 싱크대 쪽을 째려보았다. 유리병에 갇힌 낙지는
기다란 발을 쫙쫙 뻗은 채 끊임없이 움직이고 있다. 그것은 뭔
가를 강력히 주장하는 듯했다. 애원이나 구걸은 아니다. 오히
려 항의에 가깝다. 부당하다, 참을 만큼 참았다, 내 권리를 돌
려달라, 자유 아니면 죽음을, 그런 뉘앙스였다. 18세기 프랑
스 시민군의 구호만큼이나 명백하다. 단지 그 호소가 남편과
아들(왕당파)이 아닌, 소영 씨(공화파)에게만 전해질 뿐. 저
생명을 유리병에 가두는 건 반동이다…… 역사를 거스를 순
없다…… 소영 씨는 문득 북받쳐 올랐다. 하지만 무엇이 자신
을 북받치게 하는지 정확히 알 수는 없었다. 그때 남편이 벌떡
일어나 냄비에 물을 끓였다.

"당신 지금 뭐 하는 거?"

"기왕 이렇게 된 거 낙지죽 어때?"

남편이 말했다.

"저게 어디서 나온 건 줄 알고 먹어! 그만들 좀 해!"

소영 씨는 남편을 밀쳐내고 인덕션 전원을 껐다. 골치가 지

끈거려 그녀는 유리병을 냉장고에 집어넣었다. "참기름 넣고 끓이면 맛있는데", 남편은 끝까지 투덜투덜이었다. 어지간히 둔한 남자네, 물론 소영 씨는 혈압이 올랐다. 그녀의 남편은 여의도에서 손꼽히는 증권사에서 일한다. 투자에는 밝지만, 아무래도 감성적인 면은 부족했다. 넷플릭스에 찜해둔 영화도 단순한 액션영화뿐이다. 서재 책장엔 투자 관련 서적들만 가득하다.

아침 식사를 마친 그들은 집을 나섰다. 비행기는 밤 열시에 뜨지만, 일찌감치 김포에 있는 시댁에 모이기로 했다. 다 같이 모여 와인을 마실 예정이나. 프랑스 신랑이 샤토 마고를 선물로 보내주었다. 남편은 서재에 와인셀러를 갖춰놓고 사는 남자다. 백만 원도 넘는 샤토 마고를 큰형 내외가 모조리 마셔버리는 걸 용납할 리 없다.

남편이 운전하는 랜드로버는 서서히 비탈길을 내려갔다. 산자락에 조성된 주택단지라 길이 구불구불하다. 집들은 건축잡지 표지를 장식해도 좋을 만큼 세련되었다. 조경도 고급이고, 목재는 북유럽산을 썼다. 소영 씨는 골목마다 핀 코스모스를 바라보았다. 꽃을 감상하면서도 그녀는 내내 낙지를 떠올렸다. 냉장고에 갇혀 있으면 추울 텐데. 프랑스에서 돌아오면 죽어 있지 않을까.

"로베스피에르."

"티에리 앙리."

"마크롱."

"조르주 당통."

여행 기분에 들뜬 남편과 아들이 게임을 시작했다. 돌아가
며 프랑스인 이름을 대는 것이다. 다운이 "엄마도 붙어!"라고
말해서, 소영 씨도 생각나는 대로 이름을 댔다.

"코코 샤넬."

"지네딘 지단."

"미테랑."

"카트린 드뇌브."

"플로베르."

"발자크."

"이자벨 위페르"

"뤽 베송."

"드뷔시."

"줄리엣 비노쉬."

"뱅상 카셀."

"폴 고갱."

"마리옹 코티야르."

"카림 벤제마"

"장 피에르 멜빌."

"나폴레옹."

"소피 마르소."

"앙드레 부르통."

"……낙지."

응? 뭐라고? 남편과 아들이 동시에 미어캣이 되었다.

"저기, 미안한데, 내가 뭘 깜박 잊고 온 것 같아."

"뭔데? 여권은 아까 챙겼잖아. "

"부탁인데, 차 좀 세워줘."

소영 씨는 허겁지겁 안전벨트를 풀었다. 남편이 차를 돌려 집으로 가겠다고 했으나 그녀는 거절했다 점심때 시댁에서 만나기로 하고 소영 씨는 차에서 내렸다.

"늦게 오면 와인 없어!"

소영 씨는 대답하지 않고 비탈길을 올라갔다. 처음엔 차분히 걷다가 점점 속도를 높였고, 나중에는 구두를 벗어 들고 뛰었다. 이렇게 전력 질주한 건 아들 운동회에 끌려나간 이후 처음이었다. 헐레벌떡 집으로 돌아와 그녀가 가장 먼저 한 일은 물론 냉장고 문을 연 것이었다. 그리고 서둘러 유리병을 꺼냈다. 낙지는 움직임이 없었다.

"애, 애, 정신 차려!"

소영 씨는 유리병을 흔들었다. 그러자 그것은 조금씩 활기를 찾았다. 추위 때문에 둔해져 있지만, 분명 살아 있었다. 소영 씨는 눈물이 날 것 같았다. 산낙지를 냉장고에 처넣은 건 아무래도 비인간적인 행위였다. 낙지한테는 털도 없는데.

"너, 나한테 온 이유가 있지?"

소영 씨는 낙지를 스티로폼 상자에 넣고 스파크에 시동을 걸었다. 제일 가까운 바닷가가 어디일까 생각하고는 내비게이션에 인천항을 입력했다. 그렇게 시작된 일이다.

*

인천 앞바다는 도저히 바다라고 부를 수 없는, 불투명하고 수상쩍은 유동체였다. 수면에 기름이 일렁이고, 온갖 쓰레기들이 떠다녔다. 하수관에서는 정체를 알 수 없는 폐수가 콸콸 쏟아진다. 소영 씨는 질끈 눈을 감았다. 이런 곳에 낙지를 던져두고 갈 순 없다.

"차라리 냉장고에 놔둘걸."

세상일이라는 게 원래 계획대로 되지 않는다고는 하지만, 막상 현실과 마주하면 암담해지고 만다. 소영 씨는 다시 스파크에 올라탔다. 낙지가 담긴 스티로폼 상자는 뒷좌석에 덜렁 놓여 있다. 언뜻 유골함처럼 보여 마음이 무겁다. 대시보드 시계는 이미 열두시가 넘어 있었다. 소영 씨는 내비에 '속초항'을 입력했다. 강원도로 가자, 라고 생각했다. 동해 바다라면 훨씬 깨끗할 것이다. 속초까지 거리는 235킬로. 다행히 양양고속도로는 파란색이다. 쉬지 않고 달린다면 비행기 시간에 늦진 않는다.

"좋아, 가보자."

결승을 앞둔 운동선수처럼 두 손으로 얼굴을 팡팡 때린 소영 씨는 안전벨트를 맸다. 그때 밖에서 누군가 차창을 두드렸다.

"저기, 선생님, 어디까지 가세요?"

웬 여학생이 사슴 같은 눈을 깜박이고 있었다. 주차요원이나 잡상인은 아니다. 눈빛에 상냥함이 배어 있다.

"제가 지금 여행 중이거든요. 근데, 지갑을 잃어버렸어요. 죄송하지만, 시내까지 좀 태워주시겠어요?"

소영 씨는 조수석 문을 열어주었다. 어차피 인천 시내를 관통해야 한다. 게다가 여학생은 '아줌마' 대신 '선생님'이란 호칭을 썼다. 예의 바른 히치하이커라면 언제나 오케이. 그녀는 차에 타자마자 감사합니다, 라고 말하며 방긋 웃었다.

"시내 아무 데서나 내려주면 되겠어요?"

"네, 버스터미널에서 내려주시면 더 좋구요. 딱 집에 돌아갈 차비만 있거든요."

여학생은 자신을 규리라고 소개했다. 학벌도 화려해 Y대학 경영학과 신입생. 하지만 강의에는 별 흥미를 못 느꼈다고 한다. 통계학, 재무관리는 B학점, 회계학은 D를 받았다. 교양 과목인 '건강 탁구'만 A플러스. 충격을 받은 그녀는 여행을 떠나기로 했다. 혼자만의 시간을 가지면서 차분히 미래를 생각해보고 싶었던 것이다. 인천의 섬부터 둘러보기로 했는데, 첫날부터 위기에 빠지고 말았다.

"지갑은 어쩌다 잃어버린 거예요?"

"승봉도에 다녀오는 길이었거든요. 여객선 갑판에서 인증샷을 찍고 있는데, 갑자기 갈매기가 핸드폰을 낚아채 가더라고요. 제 폰이 새우깡인 줄 알았나 봐요. 핸드폰은 그대로 잠수."

"저런."

"끼워놨던 신용카드도 같이 잠수."

"아아."

"그래도 덕분에 살았습니다."

그녀는 통이 넉넉한 보이핏 청바지에 갈색 후디, 챙에 보풀이 일어난 야구모자를 쓰고 있었다. 무릎 위에 다소곳이 올려놓은 가방은 낡은 군청색 이스트팩. 세면도구가 들어 있는지 지퍼 사이로 비누 향이 번져왔다.

"아이보리 비누네요."

"그걸 어떻게 아세요?"

"욕실에 세트로 사다 놓고 써요."

"향기 너무 좋죠?"

비누 덕분에 수다는 수월해졌다.

규리는 선뜻 자신의 고민을 털어놓았다. 그녀는 진로 문제를 두고 부모와 꽤나 갈등했던 모양이었다. 결국 부모가 원하던 경영학과에 갔는데, 전혀 적성에 맞지 않았다. 그녀의 부모는 중학교 교사라고 한다. 넌 경영을 공부해라, 공인회계사가 되어라, 전문직 남자를 만나라, 자식을 낳으면 미국에 보내라…… 고단한 훈장 신분에 넌더리가 났는지, 끝도 없이 그런 말을 했다.

"그러니까, 가출한 거야?"

"가출이 아니라, 여행입니다민."

멋있네,

라고 소영 씨는 생각했다. 그녀는 박차고 나올 용기라도 있었지, 소영 씨는 한 번도 부모의 뜻을 거스른 적이 없었다. 부모가 원하는 여대에 진학했고, 부모가 원하는 남자와 결혼했다. 레일에 올려진 협궤열차 같은 인생이었다. 그나마 엔진이 있는 기관차도 아니다. 기관차 뒤를 졸졸 따르는, 텅 빈 객실 중 하나다. 목적지까지 안전하겠지만 가슴 설레는 일은 없다. 단, 길을 잃을 염려도 없었다.

동인천역을 지나자 시외버스 터미널이 보였다. 소영 씨는 비상등을 켜고 차로를 바꾸었다. 여학생도 안전벨트를 풀고 내릴 준비를 했다. 이제 이별할 시간이었다.

"근데, 선생님은 왜 속초까지 가세요?"

글쎄, 왜일까.

소영 씨는 딱히 할 말이 없었다. 그래서 그냥 "낙지를 살까 하고요" 얼버무리고 말았다. 차마 낙지를 버리러 간다고 말할 순 없었다. 부끄럽다기보단 함부로 얘기하면 안 될 것 같았다. 세상엔 말로 설명할 수 없는 일들이 있다. 얼마나 기괴한 이야기인가. 멀쩡한 가정주부가 낙지 때문에 국토를 횡단하다니. 원래대로라면 그녀는 지금 꽃등심에 와인을 마시면서 프랑스 여행 일정을 의논해야 한다. 남편은 옆에서 샤토 마고를 홀짝이며 디캔팅이 어떻고 바디감이 어쩌고 잘난 체하고 있겠지.

"낙지, 하면 목포잖아요. 무안도 유명하고요."

규리의 말대로다. 낙지는 남해안이 서식지이다. 결정적으로 강원도에는 개펄이 없다! 왜 진작 그 생각을 하지 못했을까. '목포 세발낙지', '무안 낙지'는 상식이다. 영덕은 대게, 포항은 과메기, 통영은 굴처럼 일종의 숙어인 것이다. 게다가, 하면서 규리가 쐐기를 박았다.

"속초는 오징어잖아요."

소영 씨는 쓴웃음을 지었다. 아침부터 허둥지둥한 탓이 크다. 차분히 생각하지 못하고 몸만 앞서고 있다.

"차라리 무안으로 가시지 그래요? 거기 낙지가 싱싱해요."

"너무 멀지 않나."

"서해안고속도로 타면 금방 갈걸요?"

말릴 새도 없이 규리가 내비를 터치했다. 삑삑 키패드를 눌러 '무안'을 입력하자, 서해안을 죽 따라 내려가는 경로가 나타났다. 예상 소요시간 세 시간. 왕복하면 여섯 시간. 좀 빠듯하긴 해도 비행기를 타는 데는 문제 없었다. 내비에 '목적지를 변경할까요?'란 메시지가 떠서 소영 씨는 잠깐 망설이다 '예'를 터치했다. 그래, 이게 맞지. 누가 뭐래도 낙지는 무안이다.

"저도 목적지를 변경해도 될까요?"

규리가 말했다.

좋으실 대로, 하면서 소영 씨는 사거리에서 크게 유턴했다.

*

서울과 멀어질수록 도로는 한산해져 천안부터는 거의 아우토반이었다. 소영 씨는 과감히 풀액셀을 밟았다. 그래 봤자, 간당간당 시속 100킬로이지만. 마침 라디오에서 「고속도로 로맨스」가 흘러나와 둘은 신나게 따라 불렀다. 고물 스파크도 각성했는지 씽씽 달려주었다.

"이거 뭔가 「델마와 루이스」 같은데요?"

둘은 마주 보고 웃었다.

운전하면서 소영 씨는 잠시나마 가정을 잊을 수 있었다. 딱히 결혼생활에 불만이 있는 건 아니다. 서울 부촌에 살고, 돈이 궁하지도 않다. 남편은 성실하고, 아들도 모범생이다. 집안에 아픈 사람도 없다. 하지만, 오래전부터 뭔가 끝나버렸다는 느낌에 시달렸다. 시작도 안 했는데 문이 닫힌 기분. 마흔 넘은 여자가 뭘 시작할 수 있을까. 이제 와서 백댄서를 할까, 골프를 배울까. 로스쿨에 입학할까, 연하남을 유혹할까. 아들을 낳았으니 됐다, 시어머니는 말씀하시지만 그게 또 그렇지가 않은 것이다.

"근데, 언니."

규리가 말했다. 수다를 떨다 보니 둘은 안성쯤에서 언니 동생 하게 되었다. 스파크의 좋은 점이다. 실내가 좁다 보니 친밀감이 높아진다. 제네시스였다면 상황이 달라졌으리라.

"왜?"

"저건 뭐예요?"

규리가 뒷좌석의 스티로폼을 흘끗 보았다. 내내 신경 쓰였던 모양이다. 안전벨트까지 채워놔 확실히 눈에 띈다.

"응, 마약."

소영 씨는 거침없이 말했다. 고속도로 여행의 장점이다. 빠르게 달리다 보니 마음이 대범해져 아무 말이나 하게 된다.

"······진짜요?"

"필로폰 3킬로."

"······"

"사실 나는 평범한 주부가 아니야."

"!"

"삼합회 보스한테 물건을 넘기고 골드바를 받기로 돼 있어. 그거면 평생 일을 안 해도 되거든. 거래를 마치면 밀항선을 탈 거야. 하와이로 뜨는 거지. 만약을 대비해 널 인질로 삼을 생각이야. 너, 위험에 빠진 거라구."

나잇값 못하는 헛소리였지만, 왠지 해방감이 느껴져 상쾌했다. 규리는 얼굴색이 변하는가 싶더니 결국 배시시 웃었다. 소영 씨는 자신이 자랑스러웠다. 자신의 기지로 MZ세대를 웃긴 것이다. 그 유명한 MZ를.

어느새 스파크는 함평휴게소에 도착했다. 이제 무안까지는 얼마 남지 않았다. 소영 씨는 기지개를 켰다. 갯벌에 낙지를 놓아주고 다시 서울로 올라가면 된다. 시간은 충분하다. 아직 네시밖에 안 되었다.

"나 화장실 좀 갔다 올게."

소영 씨가 차 문을 열었다.

"저는 안에서 기다릴게요."

"허리 안 아파?"

"이 정도는 뭐."

"역시 젊은 게 좋구나."

차에서 내린 소영 씨는 기념품 숍부터 들렀다. 새로 사귄 젊은 친구에게 선물을 하고 싶었다. 뭘 사줄까 하다가 나비 공예품을 골랐다. 정교한 물건이었다. 유리로 만든 날개에 알록달록 색을 입혀놔 볼수록 빠져든다. 작은 머리핀 같은 물건이 삼만 원이나 했지만, 전혀 아깝지 않다. 무사히 여기까지 온 건 전적으로 규리 덕분이다. 게다가 그녀는 훌륭한 심리상담사 역할도 해주었다. 그녀에겐 상대를 편하게 만드는 재주가 있었다.

—너 심리학과 가라. 경영학은 집어치워.

라고 말했을 정도였다.

규리와 얘기하면서 소영 씨는 잊고 있던 꿈을 떠올렸다. 사실 그녀는 영화를 만들고 싶었다. 남몰래 시나리오를 쓴 적도 있다. 하지만, 소영 씨의 부모는 예술이라면 치를 떨었다. 그들은 '도박을 하면 일대가 망하고, 예술을 하면 삼대가 망한다'라는 말을 입에 달고 살았다. '주말의 명화'에서 「뜨거운 것이 좋아」라도 방영하면 얼굴이 빨개지면서 텔레비전을 탁 꺼버리는 사람들이었다. 외동딸이 그런 타락한 세계에 발을 내딛는 걸 용납하지 못했다. 소영 씨의 대학 생활은 재미도 없는 영어 원서를 분석하다가 끝났다. 재미없는 잡지사에서 일하다 끌려가듯 결혼했고 육아와 살림을 도맡았다. 뭐랄까, 인공위성 같은 삶이었다. 끊임없이 뭔가의 주변을 빙빙 돌며 기지국의 요구를 수행하는.

다시 글을 써보는 게 어때요?

규리의 말에 소영 씨는 눈물이 날 뻔했다. 그런 말을 해주는 사람은 처음이었다. 남편은 늘 바빴고, 아들은 사춘기였다. 돌아가며 프랑스인 이름을 대고 게임을 하고 서로 생일을 축하해주겠지만, 그뿐이다. 가족에게 진심을 털어놓는 건 곤란하다. 가정도 결국 위계질서라, 너무 진솔해져버리면 오히려 사이가 틀어지고 만다. 우리는 영원히 이해받을 수 없을 거야, 체념하던 차에 규리를 만났다.

세상은 아직 살 만한 곳이야.

적어도 삼만 원짜리 유리공예품을 선물할 가치는 있다. 그러나 감격도 잠시, 주차장으로 간 그녀는 가슴이 싸했다. 풍경이 살짝 달라져 있었다. 반드시 있어야 할 것이 없었다.

"분명 여기에 세웠는데."

소영 씨는 쇼핑백을 들고 털레털레 주차장을 한 바퀴 돌았다. 규리가 기름을 넣으러 간 것일까 싶어 주유소에도 가보았다.

"보라색 스파크요? 방금 어떤 여자분이 딱 만 원어치 채워서 가셨는데."

아르바이트생이 눈부시다는 듯 휴게소 출구를 가리켰다. 아닐 거야, 그럴 리 없어, 스파크가 한두 대야? 애써 부정하던 소영 씨는 주유소 쓰레기통에서 하얀 스티로폼 상자를 발견하고 현실을 인정했다. 규리—아마 본명이 아니겠지만—는 스티로폼 상자에 진짜 필로폰이 있다고 생각했던 것 같다. 호기심이었는지 한탕 할 생각이었는지 서둘러 상자를 열었는데, 나타난 건 징그럽게 꿈틀대는 낙지뿐. 당황한 그녀는 낙지를 내던져버리고 그대로 도주했던 것이다.

*

"당신, 바람 피우는 거 아냐?"

카페 주인에게 빌린 전화기로 전화했더니 남편은 칭얼칭얼이었다.

"나 대신 프랑스 와인 실컷 마시고 와."

소영 씨는 전화를 끊었다.

더 설명할 기력도 없었다. 무안까지는 히치하이킹을 해서 왔다. 듬직한 트럭 기사가 흔쾌히 태워주었다. 감사한 마음에 이만 원을 사례했다. 다행히 나비 공예품을 환불받은 돈이 있었다. 인생은 알 수 없는 것이다. 도둑에게 선물을 사주고 싶다는 선한 마음 덕분에 삼만 원을 챙겨서 내릴 수 있었다. 어쩌면 카르마가 작동하고 있는지도 모른다. 이참에 진짜 불교 신자나 되어볼까, 소영 씨는 생각했다.

무안은 황량한 어촌일 거라 생각했는데, 막상 와보니 세련된 관광지였다. 해변에 멋진 카페들이 즐비했다. 공항 덕분이죠, 커피잔을 닦으며 카페 주인이 말했다. 누가 무안을 양파와 낙지의 도시라 했는가. 소영 씨가 마주한 건 질 좋은 원두와 마카롱이었다. 갤러리를 겸한 카페에는 프리다 칼로의 그림이 걸려 있었다. 프리다라면 소영 씨도 잘 안다. 평생 고통 속에 살다 간 화가다. 소아마비, 교통사고, 남편의 배신, 온갖 시련을 겪었으면서도 수박 그림에 '인생 만세'를 써놓은 여자. 그 앞에서 젊은 커플들이 커피를 마시며 인생을 즐기고 있었다.

소영 씨는 남은 돈으로 커피값을 계산했다. 카운터에 진열된 기념품 노트까지 구입했더니, 딱 만 원이었다. 노트엔 프리다 칼로의 자화상이 프린트돼 있다. 아무래도 카페 주인은 프리다의 팬인 듯했다. 소영 씨는 쟁반을 들고 야외 테라스에 앉았다. 바로 앞에 개펄 체험장이 마련된 카페라 그녀는 주저 없이 스티로폼 상자를 열었다. 낙지는 잠깐 어리둥절하더니 스며들 듯 진흙 속으로 사라졌다.

"오길 잘했네."

오늘 아침 저걸 발견하지 않았다면, 인천에 가지 않았을 테고, 거기서 규리를 픽업하는 일도 없었을 것이다. 규리가 아니었다면 무안으로 오지 않았을 것이고, 마음껏 고속도로를 질주하는 일도 없었을 것이다. 그러고 보니 남편과 아들 없이 여행을 떠난 것도 처음이었다.

멀리 무안공항에서 비행기가 솟아올랐다. 구름 너머로 사라진 비행기를 보고 있자니 이제 난 돈도 없고 차도 없구나, 절절히 깨달을 수 있었다. 당장 오늘 밤 잘 데도 없다. 그때 바닷바람이 불어와 프리다 노트를 넘겼다. 촤라라, 종이 넘어가는 소리가 근사하다. 이걸 듣기 위해 여기까지 내려온 걸까.

"뭐, 나쁘진 않네."

그녀는 언제 배웠는지 모를 필라테스 동작을 취했다. 가슴 가득 바닷바람을 들이마시고는 노트에 글자를 꾹 눌러 적었다.

반짝반짝 제니퍼

점심에 오이냉국이나 해 먹을까,

하던 차에 택시가 도착했다. 안테나 자리에 해병대기를 꽂아둔 걸로 보아 김씨의 차가 분명하다. 김씨는 요즘 군청 주민자치센터에서 영어 회화를 배우는데, 자신감이 붙었는지 곧잘 외국인 손님을 물어온다.

"아 윌 비 백."

터무니없는 영어를 내뱉고 김씨는 사라졌다. 이럴 땐 '씨 유 어게인' 아닌가.

택시에서 내린 손님은 호리호리한 외국 여자로, 서양인답게 키가 크고 인상이 길쭉길쭉하다. 공항에서 바로 온 건지

캐리어에는 수화물 태그가 그대로 붙어 있다. '뉴욕→인천'. 미국인 관광객인가 보다.

"어서 오십시오."

나는 밀짚모자를 벗고 인사했다.

딸아이도 눈을 빛내며 일어선다. 은아는 오전 내내 피델을 훈련시키며 놀고 있었다. 말이 훈련이지, 못살게 굴고 있다. 피델은 여섯 살짜리 수컷 풍산개로, 산골에서 거의 방목하다시피 키웠다. '앉아' '손' '엎드려' 같은 명령을 이해할 리 없는데도 저러고 있다. 당연히 피델은 슬금슬금 도망이나 갈 뿐이다. "이게 다 아빠 탓이야! 하여간 우유부단해갖고!" 급기야 불똥이 나한테 튀었다.

"웰컴."

외국인 앞에서 은아는 갑자기 다소곳해졌다. 이건 좀 괘씸하다. 조금 전까지 제 아빠를 루저 취급했으면서.

"나이스 투 밋 츄. 하우 워즈 유어 트립?"

은아는 엄청난 경쟁률을 뚫고 국제중학교에 입학했다. 전국의 영재들이 모인 학교에서도 영어만큼은 톱클래스이다. 토론 대회에 두 번 입상했고, 영어 연극 「맥베스」의 대사를 모조리 외운다. 장래 희망은 외교관. 최종 목표는 유엔 사무총장인 당찬 아이다.

"제트랙(Jetlag)?"

미국 여자가 멀뚱멀뚱 서 있자, 은아는 '시차 때문이에요?' 하면서 분위기를 눅인다. 입가엔 깜찍한 미소까지 머금는다. 내 딸이라서가 아니라 이럴 땐 정말 예쁘다. 그러자 미국 여자도 싱긋 웃어주었다. 하지만 역시 대꾸는 없다.

"왓 어 뷰티풀 데이."

제스처를 섞어서 말해도 무응답.

"아빠, 내 영어 이상해?"

미국 여자가 끝까지 자기를 상대해주지 않자 아이는 울상이 되었다.

"그럴 리가. 퍼펙트했어."

움츠러든 딸애를 달래주고 바통터치를 했다. 내 영어는 훈련된 발음은 아니지만, 시골 게스트하우스를 운영하는 데는 문제가 없다.

"얼마나 머무실 겁니까?"

또박또박 영어로 물었지만, 미국 여자는 답이 없었다. 한참 뜸을 들이다가 느릿느릿 두 팔을 들어 손가락을 쫙 펴 보인다. 펼친 손가락은 모두 열 개. 즉 '10일간 머물 것임'을 뜻하는 거였다.

"일층 방을 드릴까요? 이층도 괜찮으세요?"

그녀는 이번에도 말없이 손만 까닥였다. 검지 하나를 세워 '일층을 쓸 것임'을 알린다.

"뭐야, 입도 벙긋 안 하네. 우릴 무시하는 걸까?"

은아는 벌써 짜증 난다는 투다.

나 역시 조금 불쾌했다. 왜 제대로 말해주지 않는 것인가. 그녀의 침묵엔 사람을 괄시하는 듯한 뉘앙스가 있었다. 정원을 가로지르는 고무호스를 사이에 두고 양측 간 서먹서먹함이 감돌았다.

……집이 참 예뻐요.

마침내 미국 여자가 말했다.

그런데 이걸 말이라고 해야 하나. 입을 벙긋하긴 했는데 목소리는 나오지 않는다. '집'을 말할 땐 양손으로 지붕 모양을 만들었고, '예쁘다'라고 할 땐 오른뺨에 손을 대고 돌리는 동작을 했다. 뜻밖의 소통방식에 나는 앗, 하고 말았다. 은아도 작게 어머, 했다. 그렇다. 그녀는 영어로 자신의 뜻을 전달하는 사람이 아니었다. 그녀는 수어를 사용했다.

*

내가 오대산 자락에 게스트하우스를 오픈한 지는 십 년쯤 되었다. 그와 비례해 아내와 별거한 지도 십 년. 서울에서 로펌 변호사로 일하는 아내는 강남을 떠나는 순간 인생이 끝장나는 줄 안다. 내가 연고도 없는 강원도에 내려온 이유는 간단하다. 한마디로, 자본주의에 적응하지 못했다. 자연이 좋아서, 라는 허울 좋은 핑계는 입이 찢어져도 말할 수 없다. 학생 때부터 운동권이었고, 졸업해서는 노동, 환경 분야에서 알아주는 시위꾼으로 살았다. 집시법 위반이긴 해도 '별'을 달았고, 결혼 생활도 순탄치 않아 결국 파경을 맞았다. 주말에 딸애가 서울에서 내려온 것도 이혼 조정 과정의 일부다. 일주일간 아빠와 살아본 후 양육권자를 결정하는 것이다.

"아빠, 이 여자 영어 못하는 거 맞지?"

팔짱을 낀 채 은아가 종알거렸다.

"영어를 못하는 게 아니라 말을 못하시는 거야."

"그게 그거 아니야?"

"어떻게 그게 그거야?"

나도 모르게 나무라는 말투가 되었다. 영어를 못한다는 걸 알자 딸애는 눈에 띄게 상대를 깔보고 있다. 그건 좋지 못한 태도다. 그런 걸로 태도가 달라지면 안 된다.

—여행하느라 힘들었지요?

나는 기억을 더듬어 수어를 해보았다.

수어라면 조금 할 줄 안다. 대학 때 봉사활동을 하면서 익혀두었다. 대학을 졸업한 지 벌써 이십 년도 넘었지만 '여행' '힘들었지?' 같은 기본적인 표현은 기억하고 있다. 주입식 교육이 꼭 나쁜 건 아니다. 암기 능력이 향상된다는 장점이 있다.

―힘들긴요. 저는 멀리 가보는 것을 좋아해요.

―여긴 조용한 곳입니다. 계시는 동안 편하게 지내세요.

어찌어찌 대화하면서도 문득 의문이 든다. 미국 수어와 한국 수어는 그 체계가 다르다. 내가 동아리에서 배운 수어의 편린을 기억한다고 해도 어떻게 미국인 농아와 통하는 걸까. 그 이유를 물어보았다.

―왜냐하면, 저는 한국어 좀 하는 여자거든요.

농담(弄談)이라고 해야 하나. 농수(弄手)라고 해야 하나. 한국식 수어를 구사할 줄 안다는 말을 그렇게 재치 있게 표현했다. 미국인은 남녀노소 유머러스한 것 같다.

"은아야, 손님한테 방 안내해드려야지."

컴 온, 은아는 심드렁히 검지를 까닥인다. 따라오라는 말이었지만 내 눈엔 조금 무례해 보였다. 열네 살이면 웬만한 불문율을 알 나이다. 검지를 까딱이는 제스처는 개한테나 쓴다는 것을 알고 있을 텐데.

"여기, 하고 싶은 말 쓰세요."

은아가 내민 건 투숙객 방명록으로, 관광객들이 각자 개성을 발휘해 꾸미는 노트다. 영국인은 셰익스피어의 소네트를 적어놓고, 러시아인은 투르게네프의 글귀를 남기는 식이다. 호주 사람은 무법자 네드 켈리의 유언을, 일본인은 하이쿠를 적어놓았다.

미국 여자는 한참 쭈뼛거리더니 슥슥 그림을 그리기 시작했다. 완성한 그림은 '나비와 공주'. 어린애 낙서처럼 조잡하기 그지없다. 그림 밑에는 'Jenifer'라고 적어놓았는데, 지렁이 같은 글씨라 겨우 해독할 수 있었다.

"영 성의가 없네. 애들 낙서 같잖아."

이건 딸애의 말이 맞다.

써넣은 알파벳도 몹시 삐뚤빼뚤하다. 게다가 스펠링도 틀렸다. '제니퍼'는 'n'이 두 개 아닌가. 산골에서 펜션을 운영하는 나도 'Jennifer' 정도는 안다. 그렇구나, 희미하게 느낌이 왔다. 이 미국 여자가 말을 못한다는 건 이미 알고 있다. 어떤 사연인지는 모르겠지만, 그녀는 글도 읽지 못한다.

*

짐을 정리한 제니퍼는 하늘색 원피스로 갈아입고 나왔다.

—샤워를 했으면 해요.

하면서 머리끈을 푼다. 비단결 같은 금색 머리가 흘러내리며 어깨를 덮었다. 이렇게 보니 뮤지컬 배우 같다. 이대로 테라스 문을 열고 나가 "돈 크라이 포 미, 아르헨티나—" 노래해도 잘 어울리리라. 물론 목소리는 나오지 않겠지만.

"이쪽으로."

비치타월을 건네고 욕실로 안내했다.

게스트하우스를 운영하면서 알게 된 건데 서양 여자들은 반드시 비치타월로 몸을 닦는다. 간단히 샤워만 하는데도 꼭 비치타월을 찾는다. 딱히 불만은 아니지만, 서양 여자가 묵고 가면 빨랫감이 산더미처럼 남는다. 마치 허물을 벗고 사라진 요괴를 보는 기분이다.

—비치타월까진 필요 없을 것 같아요.

제니퍼는 대뜸 세수수건을 집었다.

—비치타월 쓰셔도 돼요.

나름 우수숙박업소로 선정된 펜션이다. 짠돌이 인상은 주고 싶지 않다.

—아니에요. 나중에 세탁할 때 물을 더 쓰게 되잖아요.

그 말은 맞다. 일반 수건 대신 비치타월을 쓰면 세탁량이 네 배로 늘어난다. 하지만 그건 게스트하우스 주인이 감당해야 할 문제이지 투숙객이 고민할 일은 아니다.

—바가지가 있으면 좋겠는데요.

샤워기 대신 쓰고 싶다는 것이다. 조금이라도 물을 절약하는 게 지구에 이롭지 않겠느냐고, 그녀는 우아한 수어로 표현했다. 이 미국인, 점점 알 수가 없다. 어리둥절한 내가 세숫대야와 바가지를 대령했더니,

—제가 원하던 게 이거예요!

슬라이딩하듯 바가지를 낚아채는 미국 여자.

이토록 바가지를 반기는 미국인을 나는 본 적이 없다. 이내 욕실 문이 닫히고 착— 착— 물 끼얹는 소리가 들려왔다. 샤워기엔 손도 대지 않는 것 같다. 물 끼얹는 소리가 정확히 일곱 차례 들렸을 때 목욕은 끝났다. 제니퍼는 젖은 머리를 수건으로 감싸고 나왔다. 샴푸나 샤워젤을 쓰지 않아 어떤 인공 향도 나지 않는다.

"헤어드라이기는 저기 있습니다."

화장대를 가리켰지만, 그녀는 노, 노, 괜찮다는 사인을 하고 뜰로 나갔다. 바람을 맞으며 요란하게 금발 머리를 턴다. '쓰레빠'를 신고 수건으로 머리를 털어대는 미국 여자. 나는 할 말을 잃었다. 이건…… 지나치게 토속적이지 않은가.

촌년.

이런 말 좀 그렇지만, 달리 표현할 말도 없다.

"저 사람, 미국 사람 맞아?"

은아도 어이없어한다. 나는 다시 방명록을 펼쳐 보았다.

—U. S. A

그녀가 악필로 써넣은 국적이다.

*

외국에서 온 손님이라 저녁은 스테이크를 대접하기로 했다.

그릴에 불을 지피고 숙성시켜둔 꽃등심 세 덩이를 올렸다. 강한 숯불 열로 구워 육즙을 가두는 게 맛의 비결이다. 잘 익은 등심을 접시에 얹고 으깬 감자와 아스파라거스를 둘렀더니 제법 프랑스 요리처럼 되었다.

"자, 횡성 한우 스페셜입니다."

자랑스럽게 접시를 내려놓았는데, 제니퍼의 얼굴이 하얗게 질렸다.

—이걸 어쩌죠. 전 채식을 해요.

고기 냄새조차 힘든 모양이다. 손을 벌벌 떨더니 기어이 유리컵을 하나 깼다.

"왜 저래?"

잡식성인 은아는 오물오물 잘도 먹고 있다.

"베지테리언이래."

"베지테리언?"

"채식주의자란 뜻이야."

"그 정도는 나도 알거든? 나 영어경시대회 우승자거든?"

제니퍼는 뭔가 끔찍한 것이라도 본 듯 접시를 밀어냈다. 그런 뒤 눈을 감고 두 손을 모은다. 속죄라도 하듯 한동안 그러고 있었다.

"뭐야, 우리가 준비한 음식이 혐오스럽다는 건가?"

은아는 제 엄마를 닮아 언변이 좋고 외향적이다. 하지만 어른을 흉내 낸 말버릇이 종종 내 신경을 거스를 때가 있다. 본인은 '시크함'이라고 주장하지만.

"소의 영혼을 위해 기도하는 거겠지."

그때 제니퍼가 비틀거리며 일어섰다. 고맙지만 저녁은 안 먹겠다고 말한다. 비행기 기내에서 받은 스낵이 남아 있다는 것이다. 충격이 심한지 수어를 하면서도 손을 덜덜 떤다.

"앉으세요, 고기 치울게요."

접시를 치우자, 은아가 발끈했다.

"어어, 뭐야? 나 먹잖아! 내 입은 입 아니야?"

"니가 이해해라."

"아잇, 장차 유엔 사무총장이 될 사람한테…… 하아, 내가 이런 대접 받으려고 여길 왔나."

미국인 채식주의자가 먹을 게 없을까, 하면서 선반을 뒤졌다. 이상한 일이다. 항상 식빵을 챙겨두는데 오늘은 어디로 갔는지 보이지 않는다.

"그거 내가 딸기잼 발라 먹었어."

"한 봉지 다?"

"성장기잖아."

한숨을 내쉬고 냉장고 문을 여는데, 아무리 뒤져도 미국인 베지테리언이 먹을 만한 음식이 없다. 이래서야 손님한테 면목이 없다. 그렇다고 마트에 다녀올 수도 없다. 읍내 마트는 오토바이를 타고 이십 분 넘게 걸린다.

—아, 저게 좋을 것 같아요.

제니퍼의 시선이 꽂힌 건 깻잎절임. 눈빛에 명백히 하트가 실려 있다. 나는 눈을 의심했다. 깻잎에 반응하는 아메리칸이라니. 반신반의하는 기분으로 깻잎절임을 종지에 덜었더니, 제니퍼는 젓가락으로 깻잎을 떼어내 능숙히 쌀밥에 감쌌다. 젓가락질은 어디서 배운 걸까. 밥알 하나 흘리지 않고 맛있게 먹는다.

—정말 맛있어요.

이건 수어가 필요 없다. 엄지를 치켜세우는 걸로 충분하다.

"이분, 뭐야, 정체가?"

은아는 숟가락을 입에 문 채 멍하니 굳어 있다.

"미국에서 왔다는데. 이름은 제니퍼."

방명록엔 분명히 그렇게 적혔다.

"미국은 스테이크의 나라 아닌가. 깻잎도 먹나?"

나 역시 의문이다. 지금껏 방문한 외국인 손님은 대체로 스테이크를 좋아했다. 바비큐라면 자다가도 뛰어나온다.

—혹시, 예전에 한국에 와보셨습니까?

─아뇨, 처음이에요.

놀랍게도 제니퍼는 깻잎만으로 밥을 다 먹었다. 밥공기에 생수를 붓고는 싹싹 긁어 마신다. 금발 백인이 이토록 철저하게 먹으니 왠지 농락당한 기분마저 든다.

"정말 이상한 미국인이네. 왠지 바보 취급당한 기분이야."

은아도 그런 모양이다.

*

달빛 은은한 밤, 다 같이 산책을 하기로 했다.

은아는 저녁을 먹은 뒤엔 꼭 운동을 한다. 살찌기 싫다는 거다. 네 나이 땐 살쪄도 괜찮다고 몇 번이나 말했지만, 은아는 늘 귀를 막을 뿐이다.

"이래서 내가 아빠랑 살기 싫다는 거야."

은아는 운동복으로 갈아입고 에비앙 생수를 챙겼다. 프랑스산 생수인데 딸애는 그 브랜드 외엔 마시지 않는다. 우리는 마을회관을 지나 뒷산 오솔길을 올랐다. 경사가 제법 가팔라 운동이 된다. 하늘에서 직녀성이 빛났고, 개구리가 울었다.

─귀여워, 개구리.

제니퍼가 수어로 말했다.

─미국에도 개구리가 있지요?

내가 말했다.

—뉴욕 한복판엔 없어요.

—뉴욕에서 오래 사셨습니까?

—고향은 텍사스인데 일은 뉴욕에서 했어요.

—일이라면?

—스트리퍼였어요.

수어는 필연적으로 실제 동작을 닮는다. 그녀는 옷을 한 꺼풀씩 벗고 봉댄스 추는 모습을 재현해 보였다. 허리와 골반도 섹시하게 돌린다. 하지만, 딱히 수치스러워하진 않았다.

"뭐라고 말하는 거야?"

앞서가던 은아가 물었다.

"응, 뉴욕에서 일을 하셨대."

"아, 나도 뉴욕 가고 싶다. 무슨 일을 했다는데?"

"댄서였다는 것 같아."

은아는 더 캐묻지 않고 휘휘 걸어갔다. 외교 전문가, 아이비리그, 국제변호사가 아니면 딸애는 별 관심을 갖지 않는다.

제니퍼가 스트리퍼였구나. 충격이라기보단 안심이 된다. 이제야 미국인다워졌다고 할까. 아깐 좀 심했다. 바가지로 목욕을 하지 않나, 깻잎으로 밥 한 공기를 뚝딱 비우지 않나. 미국인이라면서 스테이크엔 손도 대지 않았다.

우리는 서낭당으로 이어지는 길을 택했다. 하천을 건널 때

갑자기 돌풍이 불어와 제니퍼의 원피스를 뒤집어놓았다. 제니퍼는 다리를 오므리고 치맛자락을 눌렀는데, 어디서 많이 본 모습이었다. 꺄— 하면서 돌풍을 즐기는 듯한 모습. 이건 흡사…… 마릴린 먼로다!

"저 언니 왜 저래? 일부러 저러는 거 아냐?"

쟤는 말을 해도.

내 딸이지만 이럴 땐 좀 밉살맞다. 하지만, 완전히 틀린 말은 아니다. 제니퍼가 꺄, 하면서 섹시하게 찡끗 윙크를 했기 때문이다. 그녀는 돌풍에 나부끼는 치맛자락을 누르느라 한 걸음도 떼지 못하고 있었다. 좀 이상한 일이긴 하다. 내 셔츠라든가 딸애의 머리카락은 전혀 움직이지 않고 있다. 돌풍은 정확히 미국 여자에게만 영향을 끼치고 있었다.

*

제니퍼가 사진을 구경하는 동안 물에 불려놓은 그릇을 닦았다. 거실 벽엔 투숙객들이 기념사진을 붙여놓아 나름 호스텔 분위기가 난다. 오대산뿐만 아니라 수종사, 대청봉, 불국사 등 전국의 명승지를 한눈에 볼 수 있다.

—멋지네요.

제니퍼는 불국사 사진을 특히 마음에 들어했다.

─직접 보시면 더욱 멋질 겁니다.

나는 핑크색 고무장갑을 낀 손으로 화답했다. 수어의 좋은 점 중에 하나는 속삭이는 듯한 느낌을 준다는 것이다. 누군가와 속삭여본 지도 무척 오래되었구나, 접시를 헹구며 그런 생각을 했다.

"제니퍼, 이것 좀 풀어줘봐요."

그때 이층에서 은아가 내려왔다.

손에 들려 있는 문제집은 미국 유학반 수험서인데, 자기 전에 반드시 두 시간씩 풀고 잔다. 데이비드 샐린저, 필립 로스의 소설이 지문으로 쓰여 열네 살이 풀기엔 까다로운 문제가 많다.

─미…… 미안한데 난 지금 피…… 피곤해. 모…… 몹시.

제니퍼는 급격히 허둥지둥이었다. 나는 수어로도 말을 더듬을 수 있다는 것을 처음 알았다. 은아가 수어를 모르기 때문에 나는 고무장갑을 벗고 통역으로 나섰다.

"좀 피곤하시대."

제니퍼가 무안하지 않도록 별거 아닌 듯 말했다.

"되게 비싸게 구네. 미국인이면 이 정도 문제는 풀 수 있는 거 아냐?"

은아가 집요하게 문제집을 들이밀자, 제니퍼는 아까 고깃덩이를 봤을 때처럼 얼굴이 창백해졌다. 이러다 기절하는 게 아닐까. 저녁 식사 때보다 더 패닉에 빠지고 말았다. 은아가 별표를 쳐놓은 문제를 아예 쳐다보려고 하지 않는다. '피곤하다' '미안하다'라는 제스처만 반복할 뿐이다.

"내일 아빠가 풀어줄게. 오늘은 이만 자라."

"아빠가?"

"응, 사전 보면서……"

"됐어. 무슨 아빠가 이걸 푼다고 그래? 엄마라면 몰라도."

은아는 쌩 올라가버렸다. 쾅, 문이 닫혔다.

―죄송합니다. 애가 수험생이라서 날카롭습니다. 외교관이 꿈이거든요.

나는 한 동작 한 동작 분명하게 말했다. '외교관 꿈은 실은 애 엄마의 꿈입니다. 저는 아이가 별을 바라보고 살길 바라는데 말이죠. 그렇다고 일류대학 천문학과에 들어가라는 말은 아니고요. 그냥 별을 보면서 삶에 감사하고…… 아, 잘 설명할 수가 없네요. 제 말뜻 이해하시죠?' 이런 말을 하려다가 그만두었다. 수어로 전하기엔 너무 복잡한 문장이다.

―도움이 못 돼 미안해요.

제니퍼는 입술 모양으로 '아이엠 쏘리'를 몇 번이나 만들었다. 미국인은 뭔가를 사과해도 연극적인 구석이 있기 마련인데, 그녀에겐 그런 게 전혀 없었다. 그녀는 진심으로 미안해했다. 어색한 분위기를 바꾸려고 거실에 붙은 사진을 설명해

봤지만, 제니퍼는 이미 풀이 죽은 상태였다. 전혀 집중하지 못하고 있다. 영어 문제집을 못 풀어준 걸 계속 자책하고 있는 것이다.

—아임 쏘리, 아임 쏘리……

벌레처럼 등을 동그랗게 만 채 제니퍼는 방으로 쏙 들어갔다. 뭔가 못할 짓을 하고 말았네, 그런 기분이다. 혼자 망연히 서 있는데, 뒷산에서 소쩍새가 운다. 오늘따라 밤새 소리도 쓸쓸하다. 괜히, 쓸데없이.

*

아침 일찍 일어나 현관을 쓸었더니 벌레가 수북하다.

주로 나방과 하루살이인데, 매미와 사슴벌레 같은 큰 놈들도 엉켜서 죽어 있다. 불빛을 동경하다 기진한 것이다. 죽어 있는 것들을 보면 아무래도 지난 삶을 돌아보게 된다. 나도 어느덧 마흔여섯 살. 죽어가는 나방의 날갯짓이 그저 곤충의 숙명만은 아니겠지. 내 삶은 점차 역동성에서 멀어지고 있다. 지금 이 나이에 체제전복을 꿈꾸겠는가, 게릴라 활동을 하겠는가. MBC 100분 토론에 나가겠는가, 미군 범죄자에게 신발을 던지겠는가. 국회의원 출마를 하겠는가, 하다못해 갱스터 래퍼라도 되겠는가. 그저 죽은 벌레들을 매화나무 아래 뿌려

줄 뿐이다.

─굿 모닝.

제니퍼가 아침 산책을 하고 돌아왔다.

어제저녁과 달리 활기찬 모습이라 나도 기분이 좋다. 다만, 어딘가 부자연스러운 데가 있었다. 뭔가 가치에 미달한다는 느낌이 있었는데 그게 무엇인지 한눈에 파악되지 않았다. 관찰 끝에 나는 그녀의 복장에 문제가 있다는 것을 깨달았다. 그녀는 흰 고무신에 몸뻬 바지를 입고 있었다. 아름다운 에메랄드빛 눈동자를 미묘하게 마모시키는 패션이었는데, 제니퍼는 별로 개의치 않는 듯하다. 훗훗, 태연하게 숨쉬기 운동을 한다.

─저기, 옷차림이…… 어떻게 된 일입니까.

─따님한테서 구입했어요.

─아, 은아한테서요……

벌써 느낌이 좋지 않다.

─혹시, 얼마 주고 사셨습니까.

─이백 달러요.

눈앞이 아득해졌다. 요즘 환율로 환전하면 이십만 원이 훌쩍 넘는다. 고무신과 몸뻬에 각각 십만 원 이상씩 지불한 셈이다. 터무니없는 바가지가 아닐 수 없다. 재래시장에서 만 원이면 구입할 수 있는 것들이다. 특히 저 허접한 몸뻬는 오천 원에 두 벌인가 줄 것이다. 딸이라 공정거래위원회에 신고할 수도 없고.

"죄송합니다."

허리 숙여 사과하고 당장 이십만 원을 가져왔다.

─환불해드리겠습니다.

─아니에요. 저는 이런 바지가 좋아요. 신발도 상당히 편하고요.

제니퍼는 제자리에서 한 바퀴 빙 돌았다. 헐렁한 바지 안에서 그녀는 정말 자유로워 보였다. 다리가 긴 체형이라 몸뻬는 정강이까지만 깡똥 내려왔다. 제니퍼는 한사코 환불을 사양했다. 하는 수 없이 돈을 도로 지갑에 넣었다.

"몸뻬 하나에 십만 원을 받아선 안 돼."

아침 식사 자리에서 은아에게 주의를 주었다.

"아빠 그러니까 돈을 못 버는 거야."

은아의 말에 화가 나거나 상처를 받진 않는다. 그건 정확히 맞는 지적이기 때문이다. 은아 친구의 아버지들은 대개 전문직이다. 집이 강남인 건 말할 것도 없고 차도 비싼 외제차에 골프도 잘 친다. 며칠 전 우연히 전화 통화를 엿들었는데, 은아는 프랑스에 간다는 친구를 부러워하고 있었다. 그 애의 아빠는 방송기자인데, 유럽 특파원으로 뽑힌 모양이다.

'흥, 난 강원도 특파원이라구' 합리화하면서 베이컨을 구웠다. 제니퍼에겐 미안하지만, 은아는 베이컨이 없으면 아침밥을 먹지 않는다. 제니퍼를 위해선 야외 테라스에 따로 식사를 차렸다. 깻잎계란말이와 텃밭 채소, 두부 정도를 반찬으로 올렸다.

—유기농 베이컨이 있는데, 혹시 드시겠어요?

혹시나 해서 물어보았다. 제니퍼가 사실 육식을 좋아하지만, 가축에게 주사되는 항생제와 성장촉진제가 꺼림칙해 고기를 안 먹는 것일 수도 있다고 생각했다.

—녹차와 홍삼을 먹여 사육한 돼지예요. 안심해도 될 겁니다. 한 점 가져다드릴까요?

펜션 주인은 세심하게 손님의 의중을 파악할 의무가 있다.

—전 이 삶이 꿈이라고 생각해요.

젓가락을 탁 내려놓은 제니퍼는 정색하고 말했다. 목소리는 나오지 않지만 확고한 말투라는 걸 알 수 있었다.

—꿈에서까지 고기를 먹을 필요는 없을 것 같아요.

그녀는 주먹을 꽉 쥐어 보였다. 마치 유언을 남기듯 단호히. 그래놓고 또 부지런히 깻잎계란말이를 먹기 시작했다.

"뭐래, 미국 여자가?"

은아는 베이컨이 든 프라이팬을 통째로 들고 간다. 입가가 돼지기름과 머스터드 소스로 지저분하다. 내 딸이지만 이럴 때 조금 못생겨 보인다.

"자신은 이 삶이 꿈이라고 생각한대. 어차피 꿈이니까, 다른 생명을 죽여서 그걸 먹을 필요는 없다는 말인 것 같아."

이 얼마나 시적인 말인가. 그녀는 수어로 시를 쓴 것이다.

"별 희한한 말을 다 듣겠네."

하면서 은아는 베이컨을 세 겹씩 집어 먹었다. 제니퍼는 조용히 젓가락으로 계란말이를 집어 쌀밥에 올렸다. 깻잎 향을 음미하면서 말끔히 밥공기를 비웠다.

—정말 잘 먹었어요.

설거지까지 하려 하길래, 손님은 그럴 필요 없다고 말렸지만, 그녀는 막무가내로 고무장갑을 꼈다. 이럴 땐 역시 성깔 있는 스트리퍼 기질이 나온다. 제니퍼는 오늘 아침 직접 만든 천연세제로 슥슥 그릇을 닦아나갔다. 은아가 다가와 얄밉게 접시와 수저를 싱크대에 쏙 밀어 넣었다. '고맙습니다'라는 말도 하지 않고 핸드폰만 타닥타닥.

*

테라스에서 차를 마시며 제니퍼에게 이런저런 관광 정보를 알려주고 있다. 요즘은 KTX를 타면 서울까지 한 시간 삼십 분이면 주파한다. 나는 관광 지도를 펼쳐놓고 서울시청을 중심으로 표시를 했다. 삼청동엔 세련된 카페가 많고, 부암동

둘레길 코스는 사진 찍기 좋다.

─그거 멋지겠는데요.

말은 그렇게 하면서도 별 관심은 없어 보인다. 나는 서울 애기는 그만두고 강릉이나 통영 쪽으로 화제를 돌렸다. 그러자 그녀가 눈을 빛냈다. 곤드레나물이나 초당두부, 톳나물에 대해 애기하면 제니퍼는 수첩을 내밀어 그림을 그려달라고 부탁했다. 나는 산나물과 두부, 해초류를 대충 스케치해주었다. 그녀는 멀고 미니멀한 것에 반응하는 여자였다. 뭐랄까, 은아 엄마, 그러니까, 내 아내와는 정반대다.

"계세요?"

그때 빨간 스쿠터가 정원으로 들어왔다. 화장이 진한 아가씨가 껌을 짝짝 씹으며 선글라스를 벗었다. 사람을 찾는 것 같았다.

"아, 언니! 여기 계셨네요."

스쿠터 아가씨가 손을 흔들자, 제니퍼는 맨발로 뛰어나갔다. 둘은 서양식으로 서로 뺨에 키스했다. 제니퍼가 그녀를 소개했다. 아침 산책길에 만난 '프리티'하고 '나이스'한 친구라는 수어였지만, 내 눈엔 그냥 다방 레지로 보였다. 스쿠터 발판에 놓인 보온병만 봐도 알 수 있다.

"차 한잔 드릴까요?"

나는 말했다. 다방 레지라도 내 집에 찾아온 손님이니 차별

없이 대하는 게 도리.

"됐어요. 차랑 커피라면 지긋지긋하거든요."

레지는 껌을 퉤 뱉었다.

살짝 무례해 보였지만, 자기 직업에 충실한 현대 여성의 당당함이라 생각하면 못 봐줄 것도 없다. 관점의 차이인 것이다. 제니퍼는 신나서 그녀를 가이드한다. 뒤꼍의 해먹과 토끼장, 닭장, 피델의 집, 선베드가 놓인 산림욕장을 둘러보고 텃밭에 들어갔다. 역시나 들깻잎 앞에서 어린애처럼 흥분한다.

―이 채소는 씹을수록 향기로워요.

다방 레지는 멀거니 쳐다보고만 있다. 둘의 대화가 어긋나고 있다고 판단, 내가 통역사로 나섰다.

"씹을수록 맛있다는 소리입니다."

"홋, 저도 알아요."

놀랍게도 레지는 수어 전문가. 사뿐히 손을 올리더니 지휘자처럼 획획 손짓을 한다. 제니퍼도 수어를 쏟아내고 있었다. 나와 대화할 때와 달리 마음 내키는 대로 의중을 표현한다. 수십 가지의 제스처가 한 호흡에 떠올랐다. 둘은 거의 손으로 수다를 떨었다. 나로선 해독이 불가능할 정도로 빠르다. 어느새 수어는 댄스로 바뀌었다. 제니퍼가 옷을 한 꺼풀씩 벗는 봉댄스를, 레지는 살사를 추었다. 제니퍼는 유연하게 허리를 젖히더니, 가상의 옷을 공중에 벗어 던졌다. 그런 식으로 브래지어와 팬티도 날려버렸다. 진짜 옷을 벗은 건 아니지만, 나는 제니퍼를 똑바로 쳐다볼 수 없었다. 레지는 레지 나름대로 라틴댄스 스텝을 밟으며 제니퍼의 댄스에 호응했다. 마치 남미 어딘가의 축제로 휩쓸려 온 듯했다. 두 사람의 이마에 땀이 맺혔고, 텃밭에선 메뚜기가 튀었다.

─친구 집에 갔다 올게요! 제 점심은 준비 안 하셔도 돼요!

제니퍼가 스쿠터 뒷좌석에 훌쩍 올라탔다. 레지가 스로틀을 당기자 스쿠터는 하야부사처럼 튀어나갔다. 레지의 흑발과 제니퍼의 금발이 공중에서 엉켰다.

"정말 끼리끼리 논다."

이층 창문에서 은아가 말했다.

*

"당신이 미국 여자랑 한집에? 별일이네."

울타리를 손보고 있는데 아내가 찾아왔다.

"게스트일 뿐인데, 뭐."

나는 드립퍼를 꺼내고 원두를 갈았다. 아내는 핸드드립밖에 마시지 않는다. 커피 방울이 떨어지는 동안 냉장고에서 치즈케이크를 꺼냈다. 그때 꺄, 비명 소리가 들려왔다.

"으악! 킬러. 킬러 어딨어?"

말릴 틈도 없이 아내는 살충 스프레이를 마구 뿌려댔다. 살충제를 뒤집어쓴 풍뎅이는 몇 번 날갯짓하더니 모든 다리를 오므리고 죽었다.

"시골은 이래서 싫어."

"죽일 것까진 없는데. 풍뎅이는 사람을 물지 않아."

나는 죽은 갑충을 티슈로 감싸주었다. 흑갈색 투구가 잘빠진 놈이었다. 애도하는 마음으로 텃밭 앞에서 태웠다.

"뭐야, 다비식이야?"

아내가 코웃음 친다.

"응, 먹이사슬을 여기서 끊어주는 게 좋지. 살충제 범벅을 또 두꺼비가 먹으면 안 되니까."

빌 게이츠는 아프리카 기아 퇴치를 위해 1억 5천만 달러를 기부했다. 스티브 잡스의 재산은 최소 9조 원이라 하고 이치로 선수는 연봉 230억을 받는다. 그리고, 나는 살충제로 죽은 풍뎅이를 태운다. 결국 이런 삶밖에 되지 못했다. 하지만 그게 어쨌단 말인가.

재가 된 풍뎅이를 쓸어내고 거실로 돌아와 커피와 치즈케이크를 테이블에 내려놓았다. 포크 손잡이를 아내 쪽으로 돌려주는 걸 잊지 않았다. 아내는 게스트가 아니지만 어쨌든 예의를 다하고 싶었다.

"은아는?"

딸애가 보이지 않는다.

"차 안에서 음악 들어."

"……누구랑 살겠대?"

"뭐 그런 빤한 질문을 해?"

치즈케이크를 먹으며 아내가 말했다. 내가 생각해도 하나 마나 한 질문이다. 소파엔 은아의 캐리어가 놓여 있다. 옷과 구두, 책들은 일찌감치 싸놓았다. 짐은 얼마 되지 않는다. 지난주 여기 올 때부터 나를 선택할 생각은 없었던 것이다.

"양육비는 최대한 보낼게."

문득 목이 메어 젤리를 집었다. 테이블 소쿠리엔 제니퍼가 사다 놓은 생강젤리가 있다. 이런 순간에 적잖이 위안이 된다.

"됐어. 여기서 나올 돈이야 빤할 텐데."

아내는 한심하다는 눈빛으로 펜션 내부를 둘러본다. 천장엔 거미줄이 있고, 커튼은 색이 바래 있다. 평소엔 전혀 이물감 없는 풍경이었지만, 아내의 시선이 가닿자 사물들에서 수치가 배어 나왔다.

"그 미국 여자는 서울 갔어?"

아내도 생강젤리를 집었다. 하지만, 포장을 벗겨 쿵쿵 냄새를 맡아보더니 도로 던져버렸다.

"마을 다방에 놀러 갔어. 서울엔 관심 없대."

"다방? 다방엔 왜?"

“레지와 친해졌거든.”

“다방 레지가 영어를 해?”

커피잔을 든 손이 우뚝 멈췄다.

“아니. 서로 춤을 추면서 뭔가 이야기하는 것 같더라고.”

“춤이라…… 무슨 춤인데?”

“글쎄, 벨리댄스 같은 게 아닐까.”

제니퍼가 스트립 댄서라는 말은 하지 않기로 했다. 그런 건 굳이 말할 필요가 없다. 아내는 핸드백에서 담배를 꺼냈다. 난 여자 핸드백에 대해 아무것도 모르지만 저게 샤넬이라는 건 안다. 한정판이라 엄청 비싸다는 것도. 아내는 커피를 마시며 맛있게 담배를 피웠다. 나는 테이블에 재떨이를 가져다 놓았다.

“당신 오른팔 흉터는 안 없어지네?”

아내가 입술을 뾰족 내밀어 화상자국을 가리켰다.

“그래도 좀 엷어졌어.”

“그 미국 여자한테 말했어?”

“뭘?”

“이 흉터는 반미의 상징이라고.”

담배 연기를 코로 뿜으며 아내가 말했다.

“그냥 불에 덴 상처일 뿐이야.”

“당신 대학 때 알아주는 NL이었잖아. 미국대사관에 화염

병 던지려다 화상 입어놓고는. 얼마나 미국이 싫었으면 소주 병에 그렇게 시너를 꽉꽉 채워 넣었을까."

아내가 실실 웃는다.

—하지만 당신은 뭔가를 거부해본 적도 없지. 거부해보지 않으면 이해도 없는 건데.

나도 모르게 수어로 지껄였더니, 아내는 고개를 외로 틀고 멍하니 쳐다본다.

"뭐야? 왜 덜떨어진 사람처럼 헛손질을 하고 있어? 치매 노인같이."

아내는 재떨이에 담배를 비벼 껐다. 이것으로 끝이다. 마치 「친구」의 유오성이 담배꽁초를 툭 떨어뜨리는 것과 같다. 결 단을 내렸고, 다시는 돌이킬 수 없다.

"자, 마지막 허그."

아내가 팔을 벌려서 서로 축구선수처럼 안았다. 블라우스 위로 브래지어 끈이 느껴져 흠칫했다. 중년의 아내는 살이 좀 쪄 있었다. 포옹 대신 악수를 할 걸 그랬다.

일찌감치 나간 은아는 벌써 아내의 차에 타고 있었다. 조수 석에 앉아 꽝꽝 힙합을 틀어놓았다. 열네 살짜리 한국인 소녀 가 어떻게 'motherfuck' 'nigger' 'shit' 'pussy' 범벅인 랩에 리 듬을 탈 수 있는 걸까.

"가방 가져가야지."

조수석 창을 두드리자, 은아는 귀찮다는 듯 고개를 휙 젖혔다. 드렁크에 실으라는 얘기다. 나는 벨보이처럼 시키는 대로 했다. 아빠로서 할 수 있는 게 이것뿐이다.

선글라스를 머리띠처럼 쓴 아내는 시동 버튼을 눌렀다. 전기차라 위잉, 비행기 소리가 난다. 요즘엔 벤츠도 전기차구나. 이별의 순간에 나는 그런 생각이나 하고 있었다.

"오, 아메리칸?"

나가던 벤츠가 끼익 멈추더니 차창이 내려간다.

아내가 외출에서 돌아오는 제니퍼를 본 것이다. 제니퍼의 손엔 핑크색 보자기가 들려 있었다. 레지가 인삼주라도 싸줬는지 부피가 꽤 크다. 커피 얼룩으로 지저분한 보자기엔 큼직하게 '왕다방'이라고 쓰여 있다.

아내는 세련된 영어로 제니퍼에게 말을 건다. 변호사답게 목소리가 커 '뉴욕' '뮤지컬' '타임스퀘어' 따위 단어가 여기까지 들린다. 제니퍼가 대꾸 없이 웃기만 하자, 아내는 그냥 액셀을 밟았다. 위잉, 벤츠는 먼지를 피워 올리며 사라졌다.

─관광객인가 보죠?

멀어지는 벤츠를 향해 제니퍼가 턱짓했다. 어떻게 대답해야 할지 몰라 고민했다. 이제 아내와 딸을 뭐라고 불러야 하나. 꼭 들어맞는 표현을 찾기가 어렵다.

─네, 관광객입니다.

고개를 끄덕여버렸다.

—이거 한번 볼래요? 나의 '프리티'하고 '나이스'한 친구가 선물한 거예요.

제니퍼는 손에 든 물건을 내려놓고 보자기를 끌렀다. 매듭이 너무 꽉 묶였는지 시골 아낙처럼 앞니까지 쓴다. 역시 촌티가 좔좔 흐른다. 그런데 이게 전혀 싫지가 않다.

—뭔데요, 이게?

제니퍼는 후후, 웃을 뿐 설명해주지 않는다. 낑낑 몇 번의 손놀림 끝에 드디어 매듭이 풀렸다. 제니퍼는 쇼걸이 네글리제를 벗어 던지듯 공중에 휘릭 보자기를 던졌다. 하늘하늘 낙하하는 보자기가 살포시 내 얼굴을 덮었다. 한바탕 일을 끝내고 모처럼 주점에서 한잔하는 텍사스 촌놈이 흔히 그렇듯, 나는 나이스, 하고 말했다.

프러포즈

여자 친구와 일 주년이라 호텔을 예약했다.

내친김에 프러포즈도 할 생각이다. 마음은 이미 정했다. 장소는 꽤 비싼 호텔을 골랐다. 어쩌다 잡지 같은 걸 보면 '서울의 데이트 명소 톱5'에 꼭 들어가는 곳이다. 이층에 있는 레스토랑도 명성이 자자하다. 이곳에서 크리스마스를 보내려면 광복절에 예약을 걸어야 한다는 소문도 있다.

이벤트는 생각보다 준비할 게 많았다. 우선 케이크와 샴페인을 세팅했고, 풍선을 매달았다. 로맨틱한 분위기를 연출하기 위해 촛불과 꽃다발, 'Happy 1st anniversary♥' 가랜드도 동원했다. 거기에 비장의 로맨틱 소품을 곳곳에 심어두었다.

『프러포즈도 전략이다』의 저자가 추천한 아이템이다. 몰래 객실을 꾸미고 있자니, 가슴이 두근거린다. 어째 스파이라도 된 기분이다.

프러포즈 반지는 생크림케이크 속에 숨겨두었다. 사실 이게 오늘의 하이라이트인데, 달콤한 케이크를 먹다가 어머? 하고 발견하게 된다는 시나리오다. 언젠가 로맨틱 영화에서 보았다. 유치해 보여도 이런 게 의외로 잘 통하는 법이다. 세팅을 마치고 로비로 내려가 기다리고 있자니,

"오래 기다렸지?"

수정이 뒤에서 헤드록을 걸어왔다.

피곤한지 하품을 하고는 히잉— 새끼 하마 같은 소리를 낸다. 귀여워서 머리통을 좌우로 흔들어주었다.

"언제 온 거야?"

"나도 지금 왔어."

미리 와서 이벤트 준비를 했어, 라고 이실직고할 필요는 없다. 이벤트는 보안이 생명이다.

"와, 언제 이런 델 예약했대? 엄청 비싸 보이는데?"

예약하면서 후기를 찾아봤는데, 이 호텔은 내한 중인 뮤지션들도 즐겨 찾는다고 한다. 로비에서 커피를 마시다 라스 울리히*를 봤다는 사람이 있는가 하면, 한밤중에 「셰이프 오브 마이 하트」 연주가 들려와 기분 좋게 잠들었는데 다음 날 옆

방에서 도미닉 밀러**가 걸어 나왔다는 일화도 있다.

"배고프지? 레스토랑은 이층에 있어."

이태리식 곱창 버거가 유명한 곳이다. 엄청난 경쟁을 뚫고 한강이 내려다보이는 테이블을 선점할 수 있었다. 그때 수정이 종이 백을 불쑥 내밀었다.

"저기, 우리 그냥 이거 먹으면 안 될까?"

뭔가 하고 봤더니 체인점 도시락이다.

일회용 용기에 돈가스가 가지런히 썰려 있다. 저렴해 보이는 양배추샐러드와 단무지도 보인다. 야, 이건 너무한다, 나도 모르게 볼멘소리가 나왔다. 돈가스 같은 건 아무 때나 먹을 수 있잖아! 분위기 좋은 테이블을 예약하려고 두 달 전부터 대기했단 말이다! 오늘은 우리 일 주년인데.

"하루 종일 서 있었더니 다리가 아파서 그래. 여친 소원 좀 들어주라."

수정은 대학로 근처에서 헤어디자이너로 일한다. 굽 높은 신발을 신고 일하다 보니 종아리에 정맥류가 생겼다. 요즘 들어 허리도 안 좋다고 한다. 일인숍이다 보니 커트부터 샴푸, 청소까지 혼자 다 해야 하기 때문이다.

---

* 미국 헤비메탈 밴드 '메탈리카'의 드러머.
** 아르헨티나 태생 기타리스트. 가수 스팅과 「셰이프 오브 마이 하트(Shape of my heart)」를 작곡했다.

"소원이 그거야? 방콕에 도시락?"

"응. 침대에 편히 앉아 뒹굴거리며 먹고 싶어. 넷플릭스 보면서."

"나중에 딴말하기 없기다?"

하는 수 없이 레스토랑에 전화를 걸었다. 죄송합니다, 여자친구가 도시락을 까먹겠다네요, 라고 말하자, 매니저의 반응이 싸늘하다. 진땀을 흘리며 예약을 취소했다.

"십오층이라고? 전망 좋겠다."

엘리베이터 문이 맞물릴 무렵, 저만치서 웬 백인 남자가 "웨잇! 웨잇!" 하면서 뛰어왔다. 나는 그냥 무시해버리기로 했다. 배도 고팠고 빨리 올라가 수정과 로맨틱한 밤을 보내고 싶었기 때문이다. 고맙게도 문은 신속히 닫혀주었다.

댐 잇!

거 성질머리하고는. 성격 더러운 외국인이었다. 이봐, 조계사 템플스테이라도 등록하라구, 중얼거리는데, 다시 스륵 문이 열리면서 백인 남자의 파란 눈과 마주쳤다. 놀라서 돌아보니,

"같이 올라가지 뭐."

수정이 열림 버튼을 누르고 있었다. 백인 남자는 당연하다는 듯 성큼 들어왔다. 내가 펠릭스와 만나는 순간이었다.

*

“저는 펠릭스라고 합니다.”

그가 내민 명함엔 회사명이라든가 직책은 없고 ‘Felix’란 이름만 달랑 찍혀 있었다. 그 아래로 알록달록한 꿀벌 캐릭터가 보였다. 선글라스를 끼고 삼지창을 든 벌인데, 이것만 봐서는 이 남자가 양봉업자인지 무기 거래상인지 헤비메탈 드러머인지 알 길이 없다.

“펠릭스는 행운아란 뜻 아닌가요?”

자기 계발의 화신인 수정은 이 년째 영어학원에 다닌다. 얼마 전엔 레벨 테스트에 통과해 고급반으로 진출했다. 갈고닦은 실력을 보여주고 싶은지 낯선 백인 남자와 스스럼없이 대화한다.

“오, 맞습니다. 부모님이 펠릭스 멘델스존의 이름을 따서 지어주셨어요. 「결혼행진곡」의 그 멘델스존입니다. 그 탓에 어릴 때부터 피아노 레슨을 받아야 했지만요.”

“그렇다면 피아노 실력이……”

굉장하겠는데요, 라는 말이 생략된 질문이었으나,

“바이엘까지 배웠습니다.”

라는 답이 돌아오자 수정은 푹 웃었다.

뭘까, 이 남자. 실없는 말을 아무렇지도 않게 한다.

"그러니까…… 꿀을…… 무역하시는 건가요?"

가만히 있을 수 없어 나도 한마디 했다.

내 영어는 겨우 중학생 수준이다. 명함의 꿀벌 그림을 가리키면서 같은 질문을 세 번쯤 반복하자, 펠릭스는 아, 하면서 이해했다. 꿀은 중요하지요, 하면서 그는 히죽 웃었다.

"벌꿀로 프로폴리스도 만들고, 약도 개발하고, 뭐 그렇지요. 그거 아십니까. 벌이 사라지면 인류도 사라집니다. 인간이 먹는 곡물 대부분은 벌이 수분을 해주거든요. 딸기, 사과, 아몬드, 오이, 호박, 감자…… 꿀벌이 없으면 열매를 맺질 못해요. 요즘 벌들이 떼죽음을 당하고 있는 걸 아십니까? 이게다 기후변화와 연관이 있습니다."

대충 자연을 사랑하자는 얘기 같았다.

하지만, 나로서는 아무래도 상관없는 얘기다. 환경이니 온난화니, 초면에 엘리베이터에서 나눌 대화인가 싶다. 가만 보니 그는 좀 들떠 있었다. 뭔가에 취해 있는 듯도 했다. 아마 코카인이나 엑스터시 같은 게 아닐까. 체류 외국인들의 약물 문제는 이제 뉴스거리도 아니다. 최근엔 용병 배구선수가 대마 젤리를 몰래 들여오다 걸린 적이 있었다. 서울도 안심할수가 없네, 중얼중얼하는데, 그가 말했다.

"서울은 정신없더군요. 도시는 내 스타일이 아니에요. 관광 지도에 있는 지하철 노선도를 봤어요. 엄청 복잡하더군요.

마치 스파게티를 접시째 팍 엎어놓은 것 같지 않습니까? 그래도 창경궁이라고 하나, 거기 식물원은 좋았습니다. 어쨌든, 저는 내일 서울을 떠납니다. 그래서 작은 파티를 열 생각인데, 어떻습니까, 두 분?"

"네? 어떻다니요?"

질문의 요지를 알 수 없었다.

그때 펠릭스가 슬그머니 재킷 주머니에 손을 넣었다. 무슨 심산인지 눈빛도 희뜩 변했다. 나는 본능적으로 '이태원 살인 사건'을 떠올렸다. 그 끔찍한 사건의 범인도 외국인이었다. 이름이 '패터슨'이었나, 아무튼 그 사이코 미국인은 밀폐된 공간에서 무방비 상태인 한국인을 마구 찔렀다. 닥쳐올 칼부림에 대비해 나는 허겁지겁 수정을 등 뒤로 숨기고 가드를 올렸지만,

"오셔서 맥주 한잔하시지요. 제 아내는 카나페를 잘 만듭니다."

그가 꺼낸 건 크래커 상자였다.

편의점에 굴러다니는 '**촘**' 크래커. 카나페를 만들 때 필요한 과자다.

나는 을지로에 본사를 둔 보험회사에서 일한다.

직업도 평범하고, 얼굴도 평범하다. 수능 성적도 평범, 키도 평범, 운동신경도 평범. 하다못해 페니스 크기도 평균이다. 만약 외계인이 '자, 여러분, 평범한 한국 남자란 무엇일까요?'란 주제로 강의한다면, 납치해 교보재로 갖다 쓰기 딱 좋다. 두 번인가 우수사원 트로피를 받았지만, 딱히 회사 일이 즐거운 건 아니었다. 서울에서 자리 잡지 못하면 아버지의 공업소를 물려받아 평생 쇠토막을 깎아야 할 처지라 열심히 실적을 올렸을 뿐이다. 지방대 출신이란 콤플렉스도 한몫했다. 언젠가 제대하고 아버지를 도와 밀링머신을 만지고 있는데, 미국 유학을 떠나는 친구가 여행 가방을 끌면서 지나간 적이 있었다. 그 녀석은 기름투성이인 내 얼굴을 보며 "아름다운 모습이야. 프롤레타리아 만세" 하면서 넉살 좋게 사회주의식 박수를 쳤다. 고등학교 때 축구부 활동을 함께하던 친구라 웃어넘겼지만, 나는 이 촌구석에서 뭘 하고 있나 하는 생각은 지울 수 없었다. 벌써 십 년도 넘은 일이고 딱히 굴욕감을 느낀 것도 아닌데, 그때의 기억은 지금도 생생하다. 그 친구는 지금 미국 대학에서 조교수로 일하고 있다. 몇 년 전엔 자신의 논문에 친필 사인까지 해서 보내주었다. 「콜로이드 자기조립체의 광특성 구조 제어」란 제목인데, 문과인 나는 읽어 봐도 도통 무슨 소리인지 알 수가 없었다. 그래도 논문을 책 꽂이 맨 위에 꽂아두었다. 그 미국산 논문 때문이었을까. 평범한 샐러리맨인 내가 비싼 호텔을 예약한 건. 딱히 논리는 없지만, 그런 생각이 든다. 프러포즈 반지를 5부짜리 다이아몬드로 맞춘 것도 내 형편에 무리였다. 이상한 일이다. 이벤트를 준비할 때는 이런 생각이 들지 않았다. 아무래도 엘리베이터에서 만난 외국인 때문인 것 같다. 헤어스타일부터 부츠, 손목시계까지 그 남자는 이 호텔과 너무 잘 어울렸다. 펠릭스, 라는 근사한 이름조차. 그에 비하면 나는…… 나는…… 왜 이름조차 이재용이 되지 못하나. 하다못해 정우성이라도.

"뭔 생각을 그렇게 해?"

수정이 가볍게 내 아구통을 돌렸다.

"아니, 뭐, 영화 재미있네."

넷플릭스로 「건축학개론」을 보고 있는데, 꽤 볼만했다. 가슴 아픈 멜로인데도 주인공을 장님이나 불구, 시한부, 에이즈 환자로 만들지 않고 깊은 여운을 만들어내기란 쉽지 않다. 심지어 교통사고나 개죽음 찬스도 쓰지 않았다. 멜로의 교본이라는 「러브레터」도 일단 주인공이 사망하고 시작한다. 서른을 훌쩍 넘겨서인지, 이젠 자극적인 스토리보단 이런 잔잔한 전개가 훨씬 기술적으로 느껴진다.

수정이 사 온 돈가스도 의외로 훌륭했다. 덴뿌라든 분식이든 이태리 요리든 그닥 중요하지 않았던 거다. 중요한 건 누구와 먹느냐다. 당연하지만, 결혼도 마찬가지다. 수정 같은 여자를 만날 기회는 정말이지 흔치 않다. 연애를 많이 해본 건 아니지만, 남자의 본능으로 알 수 있다. 말도 잘 통하고, 경제력도 있으며 무엇보다 집착이 없었다. 내가 마지막으로 사귀었던 여자—지역신문 기자였다—는 헤어질 때 내 원룸에 불을 지르겠다며 휘발유를 뿌려대는 바람에 경찰이 출동했다. 나는 새벽 네시까지 현관문을 부여잡고 벌벌 떨어야 했다.

빈 도시락 용기를 치우는 동안, 수정은 침대에 엎드려 '수정♡형진's 추억 앨범'을 넘겨보았다. 그동안 사귀며 찍어둔 사진을 정리한 것으로, 이른바 비장의 '로맨틱 소품 No.1'이다. 수정이 감동하면, 바로 '나랑 결혼해줄래?'라고 말할 작정이다. 그런데 일이 생각대로 흘러가지 않았다. 내가 건대입구 노래방에서 너구리 코스튬을 입고 「I believe」를 열창하는 사진이 지나치게 웃겼기 때문이다. 품 터진 수정은 침대 밑으로 굴러떨어질 뻔했다. 이 타이밍에 '우리 결혼하자'라고 말할 순 없었다.

아쉽게도 '추억 만들기' 작전은 실패. 바로 플랜 B에 돌입했다. 창가에 세팅한 천체망원경으로 오붓이 밤하늘의 별을 관찰하면서 프러포즈한다는 작전이다. 코드명 : 하늘의 별을 따줄게. 이건 실패할 수가 없다. 「러브 액츄얼리」의 스케치북 신은 저리 가라. 오늘부로 천체망원경이 이벤트의 대명사가 되리라.

"우와, 다 보인다, 다 보여. 비엠더블유 80소 2855. 그런데 좌우가 바뀌어서 보이네. 원래 천체망원경이 이런 건가?"

"……그렇지. 빛이 렌즈로 들어가면 경통 안에서 반사가 되니까…… 저기, 망원경을 하늘로 좀……"

"오, 편의점 알바생도 보여! 귀걸이까지 다 보이네. 음, 수입 맥주 행사하는구나. 네 캔에 만 원이라. 급 맥주가 땡기는데?"

이런 전개는 곤란한데.

"저기, 그럼 샴페인 딸까?"

"아니, 샴페인은 너무 본격적이고. 아까 돈가스 먹어서 그런가, 쌉쌀한 게 마시고 싶어."

문제는 호텔 방에 맥주가 없다는 것이다. 내가 편의점에서 사 올 수도 있지만, 그러면 엠티 분위기가 될 가능성이 크다. 그러다 술 게임이라도 하게 되면 최악이다.

결혼이란 건 참으로 험난하구나.

시작하기도 전에 함정의 연속이다. 그러나 여기서 포기할 순 없다. 내 MBTI는 엔프피. 문제해결 능력은 있는 편이다. 순간 퍼뜩 머리를 스치는 게 있었다.

"우리, 여기 한번 가볼까?"

나는 벗어둔 재킷 주머니에서 작은 종이를 꺼냈다. 펠릭스란 남자가 준 명함이다.

*

"미셸, 인사해. 이분들은 엘리베이터에서 만났어. 오늘이 일 주년이래. 한잔 안 할 수 없잖아! 파티야, 미셸. 파티라구!"

호텔 스위트룸은 난생처음이다.

우리 방보다 오십 배는 크다. 가구와 욕조를 치운다면 웬만한 둘레길 코스도 만들 수 있을 것 같다. 대사관에나 놓일 법한 탁자가 놓였고, 널찍한 소파도 있다. 천장에는 샹들리에가 빛났고, 자쿠지와 바, 홈시어터와 오디오, 심지어 그랜드피아노까지 있다. 이 남자는 덴마크 왕자라도 되는 걸까. 아니면, IT 천재? 마피아 가문의 막내아들인지도 모른다.

"만나서 반가워요."

이건 뭐, 아카데미 시상식에서나 볼 법한 여자였다. 가슴골이 훤히 드러난 드레스를 입고, 팔꿈치까지 올라오는 오페라 글러브를 꼈다. 빅토리아 시대 무도회장에서 지금 막 걸어 나온 듯했다. 머리에는 티아라라고 하나, 왕관 비슷한 걸 썼는데, 이게 전혀 어색하지 않았다. 일상생활에서 왕관이 어색하지 않은 여자가 이 세상에는 있는 것이다.

이거 리히텐슈타인 작품이야,

수정이 속닥였다. 응접실 벽에 걸린 그림은 사람의 입술과 눈이 따로 노는 만화풍의 판화였다. 엄청 비싸겠군. 그림에 대해 내가 할 수 있는 유일한 분석이다. 나는 미술은 잘 모른다.

"엄청나게 넓네요. 이런 방은 비싸겠지요?"

멋대로 호가든을 집어 마시면서 수정이 말했다.

"이 방이 비싼지 어떤지 나는 잘 모릅니다."

펠릭스는 널브러진 골프채를 정리하는 데 애를 먹고 있었다. 퍼터를 골프백에 넣어야 하는데, 번번이 실패한다. 엘리베이터에서도 느꼈지만, 그는 뭔가에 취해 있었다.

"호텔 예약이나 잡다한 결제, 비행기표, 귀찮은 건 다 헨리가 알아서 하니까요. 아, 이놈의 골프채—"

그때 펠릭스가 균형을 잃고 뒤로 벌렁 넘어갔다. 생긴 건 티모시 샬라메인데, 하는 짓은 미스터 빈이다. 한 가지를 알 수 있었다. 이 사람은 절대 IT 천재가 아니다.

"헨리라는 이름은 오랜만에 듣네요. 분명 백발에 나이 지긋한 신사분이겠군요."

수정이 아는 척한다. 말투는 한없이 겸손하지만, 정답을 확신하는 자의 거만함이 숨어 있어 살짝 재수 없다. 남자 친구만 눈치챌 수 있는 디테일이다.

"오, 아가씨, 유학파?"

"학원파입니다만."

"그런데 어떻게 헨리가 올드맨이라는 걸 알지요?"

"왠지 셰익스피어 희곡에 나올 법한 이름이잖아요."

"맞아요, 헨리란 이름은 요즘 드물지요. 프랑스 축구선수 티에리 앙리가 영국식으로는 '헨리'인데, 앙리도 은퇴한 지 꽤 되었군요. 어쨌든, 우리 집 헨리는 충실하지요. 사냥개도 잘 다루고 마차 운전도 잘해요."

간신히 골프채를 꽂는 데 성공한 펠릭스가 쿵쿵 응접실을 가로질러 냉장고 문을 열었다. 안에는 와인 병이 미사일처럼 뉘어 있었다. 냉장고가 아니라 와인셀러인 모양이다. 펠릭스는 건성으로 라벨을 살펴보더니 한 병 꺼냈다.

"혹시, 콜트레인 좋아하십니까?"

난 콜트레인이 양조장 이름일 거라 생각했다. 그가 와인을 따면서 말했기 때문이다.

"네, 술이라면 다 좋아합니다."

별생각 없이 말했더니, 수정이 옆구리를 쿡 찔렀다.

"좋아해요. 운전할 때 늘 재즈를 틀어놓거든요."

아, 콜트레인이 음악가였나.

내가 미술을 모른다는 건 이미 인정했다. 그런데 음악까지 모르는군.

펠릭스가 오디오 리모컨을 누르자, 색소폰 연주가 흘러나왔다. 매우 세련된 듣기 좋은 음악이었다. 나는 재즈는 별로 듣지 않는다. 재즈는 젠체하는 느낌이 있어서 싫다. 마니아들끼리 지하 클럽 같은 데 모여서, '재능이 없으면 록밴드에서 드럼이나 치든가' 식으로 잘난 체하는 것도 별로다. 대중을 무시하니까 아무도 듣지 않는 거다. 뭐니 뭐니 해도 지금은 블랙핑크가 대세 아닌가.

*

이런 경우를 떠올려볼 수 있겠다

인천 부두 어딘가에서 어린 소녀가 울고 있다. 허름한 셔츠 주머니엔 '형편이 안 됩니다. 잘 부탁합니다'라는 쪽지가 들어 있다. 친모가 끝까지 나타나지 않아 결국 입양이 결정되었다. 바다 건너 미국인 부부에게 입양된 소녀는 매일 울기만 한다. 갑자기 환경이 달라진데다 눈이 파랗고 키 큰 사람들이 무서운 것이다. "여보, 애를 디즈니랜드에 데려가면 어떨까요?" 늙은 아내가 제안했고, 가족은 짐을 꾸려 캘리포니아로 떠났다. 동화책에서나 보던 궁전과 백설공주, 미키마우스를 본 소녀는 잠깐 어리둥절하다가 울음을 뚝 그친다. 엄마, 아빠, 정말 환상적이에요, 와락 양부모의 품에 안기더니 입양의 슬픔 따윈 싹 잊고 여기저기 사진을 찍으며 돌아다닌다······

꼭 그런 느낌으로 수정은 셀카를 찍고 있다. 소위 '인스타 각'이 나오는 것이다. 부겐빌레아 화분 앞에서 찰칵. 서울 야경을 배경으로 찰칵. 무슨무슨슈타인 그림 앞에서 찰칵. 피아노 앞에서 찰칵. 샴페인 병 앞에서 찰칵. 자쿠지 욕조 앞에서 찰칵. 소파에 훌렁 드러누워 찰칵찰칵. 보다 못한 내가 너 그거 실례야, 소리치려는데,

"요, 아가씨, 이걸 쓰세요!"

펠릭스가 셀카봉을 들이미는 바람에 입을 다물고 말았다.

집주인이 저러면 할 말이 없다. 수정은 펠릭스가 권하는 대로 와인을 마시거나 쿠션을 껴안기도 하면서 깜찍한 표정을 지었다. 셀카봉을 쭉 뽑아 둘이 함께 사진을 찍기도 한다. 너무 오버하는 거 아닌가. 한마디 해주고 싶지만, 말다툼이 벌어질 게 뻔하니 꾹 참았다.

"귀여운 아가씨네요."

미셸이 말했다.

"죄송합니다. 여자 친구가 가끔 망아지처럼 굴 때가 있거든요."

참크래커 포장을 벗겨 요리하기 좋도록 미셸 앞에 놓았다.

펠릭스와 수정은 '양반'팀, 미셸과 나는 '부엌데기'팀.

딱히 제비뽑기를 한 것도 아닌데, 팀이 나뉘었다. 양반팀은 술이나 마시며 셀카를 찍고, 부엌데기팀은 주방에서 안주를

만든다. 이렇게 된 이유는 간단하다. 미셸이 혼자 음식을 준비하길래 도와줘야 할 것 같아서 내가 나선 것이다. 외동딸인 수정은 웬만해선 주방에 들어가지 않는다.

나는 앞치마를 두르고 토마토와 치즈를 썰었다. 화분에서 딴 바질 잎은 잘게 다졌다. 미셸은 크래커에 마늘 버터를 바르고, 내가 손질한 토마토와 치즈, 바질 잎을 얹었다. 뚝딱 카나페가 완성되었다. 맛이 어때요? 미셸이 내 입에 하나 쏙 넣어주었다.

"맛있습니다!"

이런 건 처음 먹어본다.

미셸은 생선알도 올렸는데, 그건 더 맛있었다. 아마 캐비어라고 하는 것 같다. 주방 조명을 받으니 무슨 보석처럼 영롱하다. 미셸이 맥주병을 들어 올려서 우리는 쨍 건배했다.

"두 분은 여행 중이신가요?"

"네, 세네갈에서 출발했어요. 이 년 전쯤."

"대장정이군요."

"터무니없는 여행이에요. 계획도 없어요. 핸드폰 세계시간을 보면서 여행했어요."

"세계시간이요?"

그녀는 구형 폴더폰을 꺼냈다. 레이저폰이라고 하던가, 아무튼 그 옛날 모토롤라다. 진짜 부자들은 유행이니 명품이니 별로 신경 쓰지 않는 모양이다. 핸드폰 버튼을 몇 번 누르자 세계지도가 떴다. 경도별로 표준시간을 알려주는 기능이다.

"이렇게 방향키를 누르면 경도가 움직이잖아요. 그걸 따라서 다음 목적지를 정하는 거예요. 세네갈 다음은 모리타니, 그다음은 리스본, 그다음은 더블린, 그다음은 파리, 오슬로, 로마, 남아공, 다시 헬싱키, 이스탄불, 모스크바, 테헤란, 카불, 몰디브, 뉴델리, 자카르타…… 믿겨져요? 보드게임 말처럼 움직이는 거예요. 세네갈에서 핸드폰 방향키를 쉰다섯 번 눌렀더니 서울이더군요. 전 도시는 싫어요. 하지만 창경궁 식물원은 좋았어요."

"남편분도 그렇게 말씀하셨어요."

"아, 저 사람은 제 남편이 아니에요."

"네?"

"적어도 법률상으로는."

그녀는 푸에르토리코 출신이라고 했다.

정확히 말하면, 푸에르토리코 미인대회 출신. 영어가 조금 서툴렀는데, 나로선 그게 더 정겹고 편했다. 물론 내 영어 실력에 비할 바는 아니다. 남미 특유의 찍어누르는 듯한 악센트가 있을 뿐, 상당히 유창하다. 그녀의 영어가 한두 군데 파인 양동이라면, 내 영어는 녹슨 깡통이다. 흠집 난 양동이야 곁에 두고 쓸 수 있지만, 깡통은 버려야 한다.

말하면서 미셸은 은제 담배 케이스를 열었다. 나는 두 손으로 라이터를 받쳐 불을 붙여주었다. 그녀는 입술을 오므려 호, 연기를 내뿜었다. 「로마의 휴일」인가, 「티파니에서 아침을」인가. 마치 오드리 헵번을 보는 것 같았다. 우아한 드레스를 입고 티아라까지 쓰고 있어서 더 그렇다. 드레스는 기본적으로 키 큰 여자들이 입는 거구나, 새삼 확인했다. 이런 말 미안하지만, 수정에게는 드레스가 어울리지 않는다. 저번 생일 때 이브닝드레스를 선물했는데, 슬프게도 비율이 맞지 않았다. 뭐랄까, 까부는 여고생이 커튼을 뒤집어쓴 것 같은 느낌이 났다. 물론 나는 예쁘다고 말했다. 사랑하는 사이일수록 진심을 얘기해선 안 된다.

─우와, 꿀벌로 그런 돈을? 버틀러가 뭔데요? 아하, 집사. 헨리라는 사람이 집사였군요. 오, 성에서 산다고요? 경주마가 서른 마리, 셰퍼드가 열 마리? 영지에서 사냥을 한다고요? 윈체스터? 그게 뭔데요? 어머, 사냥총에 대해선 몰라요.

영어로 방언이 터졌다고 할까, 수정은 그야말로 재잘재잘이다. 어학연수 가지 못한 한을 여기서 풀고 있었다. 원래부터 자기 계발에 열심이었다. 뒤늦게 영어학원도 다니고, 동기부여 유튜브도 열심히 구독한다. 가끔 내게도 권하는데, 나는 별 흥미가 없다.

그러니까 오빠가 발전이 없는 거야.

하지만 난 멘토라는 것들이 딱 질색이다. 구제 불능의 나르시시스트라는 점에서 그들은 다단계 업자들보다도 저질이다. 멘토라니? 누가 누구에게 충고를 한다는 건가. 책 좀 팔렸다고, 성공 좀 했다고, 대학교수 좀 됐다고 까불어서는 안 된다. 인생이란 건 사람 수만큼 있는 법이다. 모차르트나 베토벤이 멘토의 과외를 받고 작곡했던가? 스티브 잡스가 멘토의 코치를 받고 성공했던가? 워렌 버핏이? 마크 저커버그가? 하다못해 김구라가? 역사에 길이 남을 재능들에겐 공통점이 있다. 그건 바로 입 다물고 가만히 있는다는 점이다. 남들이 시시껄렁한 축구 경기나 보고 있을 때 짠, 하고 나타나 기상천외한 작품을 던져놓고 갈 뿐이다.

　―어머, 이거 진짜예요?"

어느새 수정은 부부의 침실까지 들어가 있다. 워낙 넓은 객실이라 여기선 잘 보이지 않지만, 살짝 거슬린다. 침실까지 들어가네. 저래도 되나. 친구 사이도 아닌데.

　―그건 축음기예요.

　―아아, 신기해라.

멀리서 두 사람의 대화에 귀를 쫑긋 세우고 있자니, 어째 박쥐라도 된 기분이다.

─증조할아버지 유품이에요. 1876년에 만들어졌지요. 에디슨이 만든 것보다 일 년 빠릅니다. 경매에 부치면 고흐 작품보다 비쌀걸요.

펠릭스가 손잡이를 돌리자, 노랫소리가 흘러나왔다. 익숙한 「오, 수재너」인데, 듣고 있자니 으스스했다. 잡음이 섞인데다 녹음 상태가 좋지 않기 때문이다. 어쩐지 소름이 돋는다. 오래된 카세트테이프를 틀었다가 봉인된 악령이 깨어난다는 설정은 얼마든지 있다.

─미셸! 당신도 와서 한잔해! 야호! 일 주년! 일 주년! 일 주년!

우리의 경우, 훌리건이 깨어나긴 했지만.

─워후! 나는 이 세상의 왕이다!

난데없이 '타이타닉'에 올라타는 훌리건.

아파트였다면 경비원이 올라왔으리라. 돌아보니, 미셸의 표정이 어둡다. 알코올이든 약물이든 뭔가에 중독된 사람은 블랙홀과 같다. 주변의 밝은 기운을 모조리 빨아들인다. 펠릭스는 속깨나 썩이는 남자였던 것이다.

"이제 도쿄로 가시겠군요, 시계 시간에 따르면. 아니면 괌?"

미셸이 너무 침울해 보여 일부러 활기차게 말을 걸었다. 나는 고객만족도 1위의 영업사원. 저런 슬픈 얼굴은 용납할 수 없다.

“그런 게 다 뭐야, 그따위 것들.”

“네?”

“내 인생은 비참해.”

갑자기 미셸이 눈물을 흘리길래 나는 가볍게 안아주었다. 서양 문화권에서는 누군가 슬퍼하면 습관적으로 포옹한다. 미드나 영화에서 수없이 보았다. 당연히 사심은 없다. 우는 사람이 미셸의 아버지나 친오빠라도 나는 똑같이 했을 것이다. 심지어 펠릭스였더라도. 다만, 미셸이 키스를 해올 줄은 몰랐다.

“미안해요.”

미셸은 곧바로 사과했고,

“괜찮아요.”

나는 어깨를 으쓱했다.

진짜 별일 아니었다. 순간적으로 고통을 잊기 위해 기분전환이 필요했던 것뿐. 때론 미친 짓도 좋은 처방이 되니까. 트라우마나 우울에서 잠깐이나마 해방시켜주는 것이다. 다시 말하지만, 음흉한 생각은 조금도 없었다. 관능이나 열정, 쾌락, 그 어느 것도 느끼지 못했다. 그저 배고픈 뱀파이어에게 인도적으로 목을 내어줬다는 느낌이다. 그럴 수 있잖아, 라고 나는 생각했다. 석가모니는 굶주린 호랑이에게 목숨도 보시했다는데. 키스 때문에 피를 흘린 것도 아니고, 남에게 피해를 준 것도 아니다. 법을 어긴 것도 아니고, 사진이 찍힌 것도 아니다. 지금까지 뱀파이어로 변신하지 않은 걸 보면 흡혈 바이러스에 감염된 것 같지도 않다. 그러니까, 아무 일도 없었다. 정말 아무 일도.

……그렇게 말할 수 있지 않을까.

미셸이 번진 마스카라를 지우러 나간 사이, 무심코 핸드폰으로 수정의 인스타그램을 보았다. 이상한 점이 눈에 띈다. **'우리 1주년♡'** 테마는 그대로인데, 사진이 바뀌어 있었다. 아까 돈가스 먹을 때만 해도 사진은 우리 방 풍경이었다. 로맨틱한 캔들과 장미꽃, 추억 앨범, 케이크, 하트 풍선, 함께 돈가스를 먹는 모습, 꽃다발 앞에서 활짝 웃는 사진은 내려가고, 전부 스위트룸 사진으로 바뀌었다. 그새 '팔자 폈네' '남친이 재벌?' 같은 메시지가 줄줄이 달렸다. 아래로 스크롤해보니 펠릭스와 찍은 사진도 있다. 둘이 함께 얼굴을 맞대고 치즈, 하는 사진이다. 침대에 섹시하게 앉아 있는 사진도 있는데, 이건 펠릭스가 찍어준 것 같다.

"당신은 좋겠네요, 이렇게 예쁜 여자 친구가 있으니. 결혼할 건가요?"

어느새 다가온 미셸이 말했다. 화장을 말끔히 클렌징해도 풀메이크업과 차이가 없다. 괜히 미스 푸에르토리코가 아니다.

"아니, 뭐, 꼭 그런 건……"

어이없는 대답이 나와버렸다.

"아까 반지를 준비했다고 하지 않았나요?"

"아, 그건 생일 축하 같은 거예요. 한국인들은 사귄 지 백일만 돼도 기념 반지를 맞추거든요."

어이없는 대답 2연타.

어이없음을 어이없음으로 덮자, 회로가 한 바퀴 돌면서 나름의 정합성이 생겼다. 레고블록처럼 딱딱 끼워 맞춰지는 느낌이 들면서 안도감을 준다. 논리의 옳고 그름과는 상관없이.

"이 나라 사람들, 너무 열심히 사는 거 같애."

"그렇긴 합니다."

"다 도둑놈들이에요. 정부도, 은행도, 회사도. 그러니까, 너무 착실히 살 필요 없어요. 하루하루 즐기면서 사는 게 좋아요."

"그렇지만……"

부자니까 그런 소리를 할 수 있는 거지.

날마다 맛있는 음식을 먹고 원 없이 쇼핑한다. 아침부터 술을 마셔도 아무도 뭐라 하지 않고 결혼이나 취직에 신경 쓰지 않아도 되며, 동네 편의점 가듯 세계를 여행한다. 그리하여 자잘한 도덕과 양심에서 해방된다. 당연히 나도 그렇게 살고 싶다. 옆에서 구경하는 것만으로도 이렇게 힐링이 되는데. 하지만, 나는 내일도 아침 일찍 출근해야 한다.

그때 침실 쪽에서 양변기 물 내리는 소리가 들려왔다. 수정은 화장실도 저기서 해결하는 모양이다. 이어 뭔가 우당탕했고, 수정이 다급하게 아, 소리쳤다. 그리고 유리잔 두 개가 연달아 깨졌다.

"수정, 괜찮은 거야?"

내가 외치자,

—으응……

잠꼬대 같은 소리가 들려왔다. 또 사고 쳤군, 나는 생각했다. 수정은 이미 주량을 넘긴 상태다. 고급 샴페인과 와인을 넙죽넙죽 받아 마셨던 거다. 뒷수습을 위해 티슈를 들고 침실로 가는데,

"들어가지 마시오."

마침 거실로 나온 펠릭스와 마주쳤다. 바닥에 유리가 깨져 있으니 조심하라는 뜻이라고 나는 생각했다.

"아니에요, 여자 친구가 친 사고는 제가 수습합니다."

가슴을 탕탕 치면서 티슈 곽을 흔들어 보였다.

"들어가지 말라고 했잖소!"

펠릭스가 불같이 화를 내는 통에 깜짝 놀랐다. 이 백인 남자는 나보다 머리 하나는 더 크다. 가뜩이나 취해 있는데, 파

란 눈을 부릅뜨자 더 위압적이다. 어떡하지. 주뼛주뼛 서 있는데 펠릭스가 한숨을 쉬며 사과했다.

"정말 별일 아닙니다. 걱정을 끼쳐드리고 싶진 않습니다. 저는 게스트가 즐거워하는 모습을 보는 게 가장 행복합니다. 부디 카나페와 와인을 즐겨주십시오. 아, 저기 캡슐커피도 있습니다. 미셸, 이분한테 커피 한잔 내려드려."

펠릭스는 허겁지겁 구급상자를 꺼내왔다. 주사기와 약병을 꺼내더니, 신중히 주사액을 추출한다. 손톱으로 톡 쳐 공기를 빼내는 걸 보니 많이 사용해본 솜씨다. 서양인들은 학교에서 정맥주사 놓는 법도 배우나.

"저기, 주사기는 뭡니까?"

불안해서 물었지만, 바로 무시당했다. 펠릭스는 구급상자를 집어 들고 침실로 들어가버렸다. 나도 들어가려 했는데 눈앞에서 문이 쾅 닫히고 말았다. 문손잡이를 돌려봤지만, 열리지 않는다. 수정아, 너 괜찮아? 소리쳐도 응답이 없다. 도대체 안에서 뭘들 하고 있는 거야.

"문 열어! 수정아, 너 괜찮아? 이 씨바, 이게 도대체……"

미친놈처럼 주먹으로 문을 쾅쾅 쳐대자, 누군가 부드럽게 내 어깨에 손을 올렸다.

"너무 걱정하지 마요. 어쨌든 저이는 군의관 출신이니까."

미셸이 웃으며 커피를 건넸다.

*

어디서부터 잘못된 걸까.

하지만 늘 그래왔던 것 같다. 살면서 원했던 걸 손에 넣어 본 적이 없다. 공부도 운동도, 수능 성적도 직업도, 친구도 여자도. 이런 말 미안하지만, 솔직히 부모도 내가 원하는 사람들이 아니었다. 물론 그들한테도 난 원하는 자식이 아니었겠지. 그분들은 내가 검사나 변호사가 되기를 바라셨다. 그 과정에서 아버지에게 야구 배트나 PVC 파이프로 맞기도 했다. 하지만, 노력해도 안 되는 게 세상엔 너무 많다. 사실 시골 공업소 아들로 태어났을 때부터 모든 게 정해져 있었던 건데, 그분들만 인정하지 않았던 거다.

자정을 훌쩍 넘겨 돌아온 나는 찬물로 샤워를 했다. 그리고 객실에 장식된 이벤트 소품을 모조리 치웠다. 천체망원경은 분리해 케이스에 넣고, 사진 앨범은 가방에 처넣었다. 욕조에 뿌려둔 꽃잎은 모아서 변기에 던져넣고 물을 내려버렸다. 핸드백이니 머리끈이니 수정의 물건들은 한쪽으로 치웠다. 침대에 벗어둔 스타킹을 보고 있자니, 그녀는 허물을 쏙 벗고 어딘가로 날아간 것 같다. 떼어낸 'Happy 1st anniversary♥' 가랜드를 쓰레기통에 처박고, 핸드폰으로 『프러포즈도 전략이다』에 대해 악평을 남겼다.

─아무짝에도 쓸모없는 진부한 이벤트들. 만육천 원이 아깝다. 차라리 「러브 액츄얼리」를 한 번 더 봐라.

리뷰 별점은 1점을 줘버렸다.

그래도 분이 풀리지 않아 샴페인을 따 벌컥벌컥 마셨다. 이건 코스트코 할인행사로 업어온 것이다. 나름 유명한 브랜드이긴 하지만, 펠릭스의 스위트룸에서 마셨던 돔 페리뇽에 비하면 맛도 더럽게 없다. 내가 예약한 이 방은 일반 디럭스룸. 제휴카드 할인을 받아 사십만 원에 결제했다. 불과 두 시간 전만 해도 궁전 같았는데, 지금 보니 변두리 자취방 같다.

샴페인 한 병을 원샷했는데 오히려 배가 더 고프다. 도저히 통제가 안 되는 허기였다. 둘러보니 텔레비전 옆에 케이크 상자가 있다. 굶주린 좀비처럼 케이크를 끌어안고 정신없이 먹는데, 뭔가 딱딱한 게 씹혔다. 혀로 밀어내보니 다이아몬드 반지다.

"나랑 결혼해주라."

텅 빈 호텔 방에서 말해버렸다.

어찌 됐든 후련하긴 하다. 생선 가시처럼 반지를 뱉어버린 나는 1호짜리 생크림케이크를 바닥까지 싹싹 다 먹었다.

허니문

1

11월이라 후쿠오카 공항은 한산한 편이다.

한국인 관광객은 얼마 없고, 일본인 비즈니스맨들만 사뿐히 오간다. 규슈도 가을인지 다들 스웨터나 두툼한 점퍼를 입었다.

"공항이 썰렁하네. 요새 비수기인가?"

은정이 여권으로 입을 가리며 하품했다.

"그럴걸? 방학도 아니고. 일본에 신혼여행 오는 커플은 잘 없잖아. 우리가 특별 케이스인 거지."

용준은 빙빙 도는 컨베이어벨트에서 캐리어를 건져냈다. 손잡이에 알록달록한 키링을 걸어놔 찾는 데 어려움은 없었다.

"이제야 겨우 북새통을 벗어난 것 같네."

"근데 아직 실감은 안 나."

둘은 오늘 결혼했다. 듣던 대로 결혼식은 정신없었다. 사진 찍으라면 찍고, 입장하라면 입장하고, 맞절하라면 맞절하고, "서로 사랑하겠습니까?" 물으면 "네"라고 대답하고, 웨딩 반지 끼우라면 끼우고, 피로연장 한 바퀴 돌고, 식비 결제했더니 어느새 예식이 끝나 있었다. 정신을 차려보니 둘 다 비행기에서 꾸벅 졸고 있었다.

일단 호텔에 짐을 풀고 배부터 채우기로 했다. 원래는 하카타 항구 쪽에 있는 유명한 초밥집에 갈 계획이었으나 맛집을 찾아 밤거리를 헤맬 기력이 도통 남아 있지 않았다. 슬렁슬렁 호텔 레스토랑을 둘러보다 베트남 요리 특별전이 눈에 띄길래 그리로 갔다.

"뭐야, 우리. 일본에 와서 쌀국수를 먹고 있네."

은정이 코맹맹이 말투로 말해서,

"다음에 하노이로 놀러 갈 땐 스시를 먹자구. 그럼 균형이 맞겠지."

용준이 웃으며 대답했다.

디저트까지 말끔히 해치운 뒤 둘은 호텔 정원을 산책했다.

영국식 가든을 표방한 시설인데, 연못은 전통 일본식이다. 벤치 옆에 귀여운 구마몬도 서 있다. 외국에 왔다는 것을 실감할 수 있었다.

인스타에 올릴 사진을 몇 장 찍고 두 사람은 객실로 올라왔다. 솔직히 첫날밤은 별 감흥 없었다. 말은 안 했지만, 그건 은정도 마찬가지였다. 그와 은정은 첫눈에 반해 뜨겁게 교제했다. 둘 다 서른을 훌쩍 넘긴 나이인데다 연애 경험도 제법 있었으므로, 첫날밤이 무덤덤했다고 해서 성의가 없네, 사랑이 식었네, 하며 감정 상할 일은 없었다. 용준은 자기 전에 "사랑해"라고 말했고, 은정도 "사랑해"라고 속삭여주었다.

2

다음 날 아침, 용준은 수영을 하러 내려갔다.

객실 호수를 말하자, 직원이 탈의실 로커 키를 건네주었다. 야자수가 늘어선 풀에서 헤엄쳤더니 확실히 피로가 풀렸다. 그건 여기가 특급 호텔이기에 가능한 일이다. 동네 체육센터에서 물살을 갈라본들 이런 해방감이 느껴질 리 없다.

"정말 좋네. 물도 깨끗하고."

풀사이드에 기대어 쉬고 있는데 물속에서 뭔가 반짝이는

게 보였다. 잠수해 집어보니 귀걸이였다. 끝에 물려 있는 보석은 다이아몬드. 한눈에 보기에도 굉장한 고가품이었다. 스와로브스키나 티파니 정도가 아니다. 그건 식품회사 대리의 둔한 눈에도 알 수 있었다. 정말이지 신비로운 물건이었다. 보고 있자니 어지러울 정도다.

"누구 거지?"

이른 아침이라 풀장엔 아무도 없다.

야자수 옆 데스크엔 머리를 올백으로 넘긴 안전요원만 앉아 있을 뿐이다. 아까부터 온라인 마작이라도 하는지 정신없이 핸드폰만 들여다보고 있다. 어쩐지 귀중품을 맡기고 싶지 않은 인상이다. 호텔 지배인에게 맡길까, 경찰에 신고를 할까, 생각하면서 풀에서 나올 때였다. 원피스 수영복 차림의 여자가 허둥지둥 계단을 타고 내려왔다. 금방이라도 울음을 터뜨릴 것 같은 얼굴로 어쩌지, 어쩌지, 중얼거리면서 물속을 헤집고 다니길래,

"이걸 찾으시는군요."

용준이 다가가 말했다.

그렇게 그는 그녀와 커피를 마시게 되었다.

*

그녀는 피아니스트라고 했다.

후쿠오카엔 공연을 하러 왔다고 한다. 투어인가요? 용준이 묻자, 그녀는 그냥 작은 초청 이벤트라고 대답했다. 나이는 스물여덟. 용준보다 여섯 살 아래다.

꽤 유명한 뮤지션이 분명했다. 일본에서도 한번 와주십사 초청을 할 정도니 말이다. 그녀는 후쿠오카의 재즈 클럽에서 이틀간 콘서트를 연다고 말했다.

"아하, 그러니까, 징크스 같은 거로군요. 그 귀걸이."

"그런 셈이죠. 이게 귀에 걸려 있지 않으면 몸에서 힘이 쭉 빠져버리거든요. 돌아가신 엄마가 남긴 유일한 유품이라서요. 너무 고생만 하다 가셨지요, 우리 엄마. 제 음악은 다 엄마한테 바치는 거예요. 이제는 꼼짝없이 유령이 돼버렸겠지만. 그래도 이 귀걸이를 통해서 내 연주를 듣고 계실 것만 같아요."

그녀는 멀거니 바다를 바라보았다.

딱히 예술가인 척하거나 자기연민에 빠져 있는 건 아니다. 그 증거로 그녀의 차분한 옆얼굴은 아침 바다의 활력을 조금도 손상시키지 않고 있었다. 카페는 루프탑에 있어서 어딜 둘러봐도 볼만한 오션뷰가 펼쳐졌다. 하늘엔 갈매기가 한가롭

게 떠 있고, 멀리 크루즈 한 척이 점으로 멀어져갔다.

"재즈 좋아하세요?"

그녀가 물었다.

"아, 네, 뭐."

용준은 말을 더듬었다.

그의 플레이리스트엔 메탈리카의 「더 언포기븐」과 50센트의 「P.I.M.P」, 아이유의 「너의 의미」가 중구난방으로 저장돼 있다. 남이 알까 두려운 선곡이지만 듣고 있으면 나름 위안을 준다. 재즈는 한 곡도 다운받아본 적이 없다.

"여행은 자주 다니세요?"

그녀가 웃으며 화제를 바꿔주었다.

다행히 둘 다 호주에 가봤다는 공통점이 있어 대화는 술술 풀렸다. 그들은 트램이라든가 그레이트 오션로드라든가, 울워스에서 파는 4리터짜리 팩와인에 대해 즐겁게 얘기했다. 그때 그녀의 핸드폰이 윙 진동했다.

"미안해요, 조카 녀석이에요. 고래상어 스티커를 사 오라는군요."

그녀는 키패드를 꾹꾹 눌러 답신했다.

"아직 폴더폰 쓰세요?"

그녀의 핸드폰은 그 옛날 피처폰이었다. 한때 아이스크림폰이라 불렸던 물건이다. 효도폰보다 몇 세대 더 위로 올라간다. '쇼를 하라' '걸면 걸리는 걸리버'…… 거의 그 시절까지 올라간다.

"제가 이래요. 액정에 금이 가도 꿋꿋이 쓰고 있답니다."

"이거 반가운데요. 사실 저도 피처폰을 쓰고 있습니다. 역시 액정에 금이 갔고요. '#' 키는 아예 먹질 않습니다."

"정말 반갑네요. 제 건 ' * ' 키가 맛이 갔어요."

그녀는 반질반질해진 키패드를 보여주었다.

"주변에서 핍박은 안 받으십니까, 카톡 안 쓴다고."

용준은 웃었다.

"뭐, 카톡할 친구도 없어요. 세션을 맡은 친구들은 거의 외국인들이고. 다들 보헤미안이라 아예 핸드폰을 안 갖고 다니는 친구도 많아요."

용준은 그녀를 흘끗 보았다. 왠지 흑백영화를 떠올리게 하는 얼굴이었다. 그레타 가르보라든가 하라 세츠코라든가. 얼굴도 그렇지만 말투 쪽이 더 그럴싸했다. 굳이 고르라면 하라 세츠코에 가깝다. 「가을 햇살」보단 「맥추」 쪽의 하라 세츠코. 좀 더 젊고, 발랄하고, 웃음이 많은.

"후쿠오카엔 얼마나 머무르시나요?"

커피를 마시며 그녀가 물었다.

"내일까지는 있을 겁니다."

내일은 나가사키에 가야 한다. 은정은 짬뽕에 큰 기대를 걸고 있었다. 나가사키를 둘러보고 사세보로 내려가 하우스텐 보스를 구경한 뒤 온천마을로 넘어갈 계획이다. 사나흘 온천을 즐기고 후쿠오카 공항으로 돌아가면 허니문은 끝이 난다. 저기, 하면서 그녀가 말했다.

"시간 괜찮으시면 한번 보러 오세요."

그것은 공연 초대권이었다.

약도를 보니 하카타역 부근이다. 호텔에서 그다지 멀지 않은 곳이다. 걸어서 십오 분쯤. 하지만 갈 수는 없겠지. 용준은 이제 유부남이다. 자유롭게 재즈 클럽에 출입할 수 있을 리가 없다. 은정을 데리고 가는 것도 무리. 은정은 재즈를 좋아하지 않는다. 재즈는 어딘가 불친절하고 속물적인 데가 있다는 것이다. 그때 피아니스트가 테이블에 놓인 계산서를 불쑥 낚아챘다.

"앗, 반칙이에요."

용준이 손을 뻗었지만 그녀 쪽이 빨랐다.

그녀는 다다다 카운터로 달려가더니 두 사람 몫의 커피값을 계산해버리고는 승리의 브이 사인을 그려 보였다.

3

"오빠 어젯밤에 꿈 안 꿨어?"

머리에 타월을 둘러쓴 은정이 말했다.

"응? 무슨 꿈?"

"그냥 뭐, 하늘을 날았다거나, 복숭아를 먹었다거나, 꽃사슴을 품에 안았다거나."

"안 꾼 것 같은데."

"나는 꿨지."

"무슨 꿈인데?"

"후후, 비밀이야."

은정은 화장대 거울 앞에서 바디로션을 발랐다.

막 샤워를 마치고 나와 가슴 아래로 비치타월만 두른 모습이다. 용준은 즉각 새신랑의 도리를 다했다. 실로 엄청난 퍼포먼스였다. 퀸사이즈 침대를 십 센티쯤 이동시켰고 유리컵을 하나 깼으며 옆방 투숙객으로 하여금 텔레비전 볼륨을 한껏 높이게 했다.

"오빠 아침부터 어디 갔다 온 거야?"

숨을 몰아쉬며 은정이 말했다.

"응, 수영."

"수영장에서 뭐 좋은 일 있었어?"

"풀장이 멋지더라. 야자수도 쭉쭉 뻗었고."

재즈 피아니스트와 커피를 마셨다는 얘기는 하지 않았다.

"아침 수영을 하면 남자는 갑자기 스태미나가 좋아지나?"

"그럴 리가."

"오늘 아침은 완전히 다른 사람 같았어."

두 사람은 아침 식사를 하러 내려갔다. 은정은 샤워를 내리 두 번 해야 했지만 그다지 불평하진 않았다.

아침을 먹은 뒤엔 쇼핑을 하러 갔다. 면세점을 둘러보며 은정은 시부모에게 드릴 카메라와 지갑을 샀고, 용준은 장인 장모를 위해 전기면도기와 핸드백을 샀다. 이후 은정이 쓸 화장품을 사고, 주례 선생에게 선물할 사케까지 구입하고 났더니 양손에 쇼핑백이 한가득이었다.

"점심은 뭐 먹을까? 초밥?"

"초밥으로 되겠어? 우리 오빠, 아침부터 힘썼는데."

"그 정도쯤이야 뭐, 새신랑이."

"그러지 말고 고기 먹으러 가자."

질 좋은 와규를 4인분이나 먹고 배가 너무 불러서 소화도 시킬 겸 공원을 산책하다가, 간밤에 꿈자리도 좋았는데 한번 당겨볼까, 라는 식으로 얘기가 진행돼 둘은 파친코장에 들어갔다.

"간밤에 무슨 꿈을 꾼 거야!"

은정은 앉자마자 잭팟을 터뜨렸다.

게임기 화면에 물고기 떼가 요란하게 굴러다니더니 개복치 세 마리가 대각선으로 일치되었다. 순간 화면이 번쩍번쩍해지면서 구슬이 두두두, 쏟아졌다.

"와, 오늘 되는 날이다."

무척이나 즐거운 하루였다. 쇼핑과 식도락은 인간에게 에너지를 불어넣어준다. 본인의 능력만 된다면 낭비벽이 꼭 비난받을 일은 아니다. 전 세계인이 모두 이렇게 돈을 써버리면 불황 따윈 없어지지 않을까. 전쟁과 테러가 사라질지도 모른다…… 용준은 생각했다.

그러나 노는 데도 단련이 필요한 모양인지, 저녁 식사를 마칠 즈음 용준은 몸살 기운을 느꼈다. 침을 삼킬 때마다 목이 따끔거렸고, 미열이 느껴졌다.

"흐음, 감긴가. 오늘 그렇게 춥진 않았는데."

은정이 말했다.

"아까 파친코장 공기가 좀 탁했던 것 같아."

"아이스크림을 먹지 말 걸 그랬나."

"그러기엔 너무 맛있었지. 와플이랑 먹으니 끝도 없이 들어가던데."

"벌 받은 거야."

"벌?"

“아침에 혼자 수영하러 갔잖아. 날 팽개쳐버리고.”

“그야…… 니가 워낙 잘 자고 있어서…… 깨울 수가 없었지.”

용준은 당황했다.

뜻밖으로 핑계 대는 말투가 나왔기 때문이다. 오빠, 얼굴이 빨개졌어, 은정이 놀렸다. 난처한 용준은 큼큼 목을 가다듬으며 감기 때문이야, 라고 둘러댔다.

“온수 풀이라서 물은 따뜻했는데.”

“그런 문제가 아니야. 물기를 잘 닦아내지 않으면 감기에 걸린다구. 보나 마나 우리 큰애기 대충대충 닦고 옷 입었겠지. 안 봐도 뻔해.”

결국 약을 사갖고 오기로 했다.

열이 좀 나는 것뿐이니 타이레놀 정도면 충분하다. 은정이 가겠다고 나섰지만, 용준은 고개를 저었다. 외국의 밤거리에 아내를 혼자 내보낼 순 없었다.

“금방 돌아올게. 길을 좀 헤맬지도 모르니까 늦으면 먼저 자. 오늘 길에 뭐 사다줄까? 김과자 먹을래?”

“밤에 무슨. 빨리 갔다 와! 중간에 쓰러지지 말고!”

은정은 용준에게 점퍼를 입혀주었다.

드러그스토어는 하카타역 맞은편에 있었다. 흔한 동네 약국이겠거니 생각했다가 용준은 놀라고 말았다. 종로의 보령

약국과 이마트, 남대문 도깨비시장을 하나로 합친 뒤 반으로 나눈 듯한 매장이었다. 의약품부터 화장품, 초콜릿, 피임기구, 도시락까지 없는 게 없었다. 용준은 더듬더듬 일본어를 읽어가며 아스피린을 찾아냈다.

"어라?"

지갑에서 돈을 꺼낼 때 웬 티켓이 잡혔다. 할인쿠폰인가, 했는데 다시 보니 초대권이다. 빳빳한 표면에서 수영장 락스 냄새가 올라왔다. 그제서야 용준은 아침에 만났던 피아니스트를 떠올렸다. 이 여자는, 하면서 그는 생각했다.

어쩐지 음악 같네.

재즈 클럽은 디저트 전문점 옆에 있었다.

용준은 테이블에 앉아 하이네켄을 주문했다. 일본인 웨이터에게 제대로 전달할 수 있는 맥주 브랜드가 그것밖에 없었다. 아사히나 기린도 메뉴에 있었지만, 일본 맥주는 그의 취향이 아니다.

그녀는 「이파네마에서 온 아가씨」를 연주하고 있었다. 용준은 꿈을 꾸는 듯했다. 후쿠오카의 재즈바에서, 네덜란드산 맥주를 마시며, 한국인 피아니스트의 연주를 듣고 있자니 기분이 정말 묘했다. 나른한 보사노바가 울리는 클럽 안에서 그는 많은 것을 잊을 수 있었다. 그것은 아주 달콤한 망각이었다: 자신이 단지 식품회사 대리라는 것, 별 볼 일 없는 대학 출신이라는 것, 공부도 싸움도 어정쩡한 남자라는 것, 그렇다고 예술적 감각이 뛰어난 편도 아니라는 것, 작년 봄 쓰라린 파혼을 겪었다는 것, 당시 약혼자의 아버지가 명문대 학과장이었다는 것, 그가 끝까지 용준을 싫어해서 약혼이 깨졌다는 것, 이후 실의에 빠져 지내다 나이트클럽에서 은정을 만났다는 것, 그녀는 춤을 기가 막히게 췄다는 것, 은정에겐 동거하던 남자가 있었다는 것, 청혼을 수락하는 날까지 그 남자를 만났다는 것, 은정에겐 카드 빚이 있다는 것, 용준은 그 사실을 딱 부러지게 따지지도, 쿨하게 묻어두지도 못한 채 결혼했다는 것, 남녀 문제에서 언제나 그는 어정쩡했다는 것, 어쩌면 평생 어정쩡할지도 모른다는 것, 그리하여 다시, 자신은 식품회사 대리에 불과하다, 라는 것.

"오셨네요."

공연이 끝나자, 그녀가 용준에게 다가왔다. 이브닝드레스를 입고 있어서 전혀 다른 사람처럼 보였다. 찰랑거리는 머리칼 속에서 두 개의 귀걸이가 반짝 빛났다. 왼쪽일까, 오른쪽일까. 둘 중 하나가 오늘 아침 호텔 수영장에서 용준이 찾아준 것이다. "앉아도?" 긴 머리를 쓸어 올리며 그녀가 물었다.

"그럼요, 앉으세요."

용준이 활짝 웃으며 의자를 빼주었다.

4

일본에 왔으면 당연히 온천,

이라는 명제에 용준과 은정은 이견이 없었다. 그들은 나가사키에서 짬뽕을, 사세보에서 햄버거를, 하우스텐보스에서 프랑스 요리를 찾아 먹고 목요일에 온천마을로 넘어왔다. 슬슬 허니문도 끝나가고 있었다. 당장 다음 주부터 회사에 복귀해 생활이라는 괴물과 싸워야 한다. 마법의 보호막은 더 이상 작동하지 않는다. 야근, 세금, 대출이자, 명절, 치통, 부부싸움…… 진짜 현실이 닥치는 것이다. 별 도리 없지, 뭐. 그전까지는 확실히 즐겨두자구. 용준은 생각했다. 어정쩡한 성격엔 한 가지 좋은 점이 있다. 그건 바로 스트레스에 강하다는 점이다.

"역시 여기로 오길 잘했지?"

"응, 공기 정말 좋다."

숙소는 미리 예약해두었다. '山水樹'라는 옥호의 료칸으로, 초등 수준의 한자로 돼 있어 정감이 간다. 일본어로는 '야마미즈키'라고 읽는다.

그들은 바로 온천을 하러 내려갔다. 노천탕은 남탕, 여탕이 따로 구분돼 있어서 둘은 욕장 입구에서 헤어졌다. 온천을 즐기기엔 애매한 시간대라 욕장엔 아무도 없었다. 혼자 노천탕을 독차지하고 있자니 용준은 재벌 3세라도 된 기분이었다. 뜨끈한 열탕에 몸을 푹 담그고 하늘을 올려다보았다. 그러고는 하카타에서 딱 두 번 만났던 여자를 생각했다.

그날 밤 피아니스트와는 십 분쯤 대화를 나누고 헤어졌다. 사실 십 분도 안 되었을 것이다. 담배 한 개비 피우면서 이런저런 얘기를 했을 뿐이다. 수다라고 하기에도 뭣한 화제들이었다. 개가 좋냐 고양이가 좋냐, 국산 맥주를 어떻게 생각하냐, 밤에 잘 때 파자마를 입냐 추리닝을 입냐, 하는 수준의 얘기였다. 그러다 용준은 주머니에서 피처폰을 꺼냈다.

이거, 초콜릿폰이잖아요!

그녀는 거의 소리를 질렀다. 그러고는 긴 손가락으로 그의 핸드폰을 쓰다듬었다. 용준은 숨이 막혔다. 너무나도 예쁜 손이었기 때문이다. 그런 손은 평생 본 적이 없었다. 테이블에 놓인 촛불 덕분에 더욱 아련하게 보인 건지도 모른다. 인간의 손이 이토록 아름다워도 되는 건가. 용준은 감동하고 말았다. 사실 그녀의 전화번호를 물어도 전혀 어색하지 않은 순간이 있었다. 용준은 알고 있었다. 그녀도 그것을 기다리고 있다는 것을. 손으로 만질 수도 있을 듯한 행운의 질감이었다. 연

거푸 볼 세 개가 들어오면 다음 공은 보나 마나 꽉 찬 스트라이크가 들어온다. 꼭 그처럼 명백한 찬스였다. 하지만 용준은 그저 하이네켄을 마셨다. 그녀도 말없이 얼음물을 마셨다. 그뿐이었다. 용준은 담배를 끄고 일어섰고, 그녀는 밴드 멤버들에게 돌아갔다.

그는 아내를 속였는가?

호텔로 돌아온 그는 아스피린을 삼키고 침대에 누웠다. 그게 끝이다. 아무 일 없었다. 금연 약속을 깨고 아내 몰래 담배 한 개비 피운 건 맞다. 하지만 그 정도 위반이야 전 세계 남자들이 밥 먹듯 하는 거 아닌가. 그런 걸로는 선을 넘었다고 할 수 없다.

"이거 말고기래."

온천욕을 한 후 그들은 숙소에 딸린 일본식 식당에 갔다. 코스 요리 중에 말고기 육회가 있었다.

"아, 참기름만 있으면 딱인데."

은정은 오물오물 잘도 씹는다.

용준은 맥주만 홀짝였다. 그는 육회는 먹지 않는다. 포유류의 생살은 핏빛이 선연해 거부감부터 인다. 제아무리 갓 도축했다고 해도 안 먹는다. 좌우간 날것은 싫다.

"쯧쯧, 이 귀한 걸."

은정은 혼자 다 먹어치웠다.

"입가에 피나 닦아. 이 말 잡아먹은 여우야."

용준이 말하자 은정은 흐흐, 하면서 손톱을 세웠다.

"하여간 오빠 너무 입이 짧아서 탈이야."

"무슨 소릴 하는 거야. 육회만 좀 꺼릴 뿐이야. 기생충 같은 게 있을지도 모른다구."

"그런 걸 바로 입이 짧다고 하는 거야. 아무튼 오빠, 이번 여행 끝나면 최소 4킬로는 쩌 있어야 돼. 아무리 말랐어도 남자가 60킬로는 돼야지, 56킬로가 뭐냐? 키가 작은 것도 아니면서. 그러니까 말고기 같은 것도 팍팍 집어 먹으란 말이야. 이런 걸 먹어줘야 얼굴도 넙데데해지고 풍채가 좋아지지."

은정은 난데없이 '남편 살찌우기 프로젝트'를 선언했다.

매일 온천욕하고, 코스 요리를 먹고, 예쁜 와이프랑 뒹굴뒹굴 놀다 보면 분명히 살이 붙을 것이다, 라고 훈련소 조교처럼 말했다.

그렇게 놀고먹은 지 삼 일째, 그러나 체중이 불어난 쪽은 아내였다. 은정은 체중계에 올라가보더니 "이게 뭐야!" 하면서 휘청거렸다. 저울 위에서 비틀거렸다는 건 3킬로 이상 쩠다는 걸 의미한다. 그건 지하철 폭탄 테러와 맞먹는 사건이다. 은정은 캐리어에서 고어텍스 옷을 꺼냈다. 당장 등산을 해야겠다는 거였다. 퀼트 공방과 우동 맛집 방문은 당연히 취소되었다.

"아, 제발."

용준은 애원했지만, 결국 헤드록에 걸려 끌려나가고 말았다.

5

"베이베, 좀 쉬자! 시금까지 흘린 땀으로만 1킬로는 빠졌겠어."

꽤 높이 올라온 것이다.

어느새 기압 때문에 귀까지 먹먹해졌다. 'ご注意! 奇岩石群(주의! 기암석 지대)' 표지판을 두 개나 지나쳤다. 11월이라 모기가 없다는 점은 다행이지만 꽤 싸늘한 바람이 불어왔다.

"지금 몇 시야?"

은정이 물었다.

"두시 반. 꼬박 세 시간을 걸었어. 좀 쉬어."

용준은 배낭에서 우롱차 캔을 꺼냈다. 이것만은 간신히 챙겨올 수 있었다. 은정의 단점 중에 하나인데, 뭔가에 꽂히면 물불 안 가리고 진군한다. 무서울 정도로 막무가내다. 산에 오른다면서 물도 챙기지 않았다. 한 방울의 물도 살로 갈 거라면서. 그 대책 없음에 용준은 어이가 없었다.

"이렇게까지 할 필요는 없잖아. 결혼도 했으니 이제 편하게 살자구. 난 당신이 좀 통통해져도 괜찮아."

"그것 봐."

"뭘?"

"통통해져도 괜찮다고 말하면서 반드시 '좀'이 붙잖아."

"알았어. 꽤 통통해져도 괜찮아."

"'꽤'라는 게 어느 정도인데?"

"65킬로."

후하게 인심을 썼다.

"그건 내가 안 되지, 이 사람아."

은정은 용준의 귀를 잡고 흔들었다.

그렇게 두 시간을 더 올라갔다. 은정은 입 다물고 맹렬히 걸었다. 엄홍길 대장이 봤다면, '자네, 히말라야에 갈 생각 없나' 하며 바로 스카웃했을 것이다. "산속은 일찍 어두워져." "11월이라 해가 짧아." "저체온증 무서운 줄 알라구." 용준이 경고했지만 은정은 더 빨리 걸을 뿐이었다. 체중계의 숫자가 눈앞에 아른거리는 것이리라.

"휴, 이제야 몸이 좀 가벼워진 것 같네."

산 정상은 오싹한 곳이었다. 소나무들이 죄다 죽어 있고,

수풀 사이로 검은 버섯들이 퍼져 있었다. 백골이 굴러다녀도 이상할 게 없었다.

두 사람은 하산을 시작했다. 이미 어둑어둑해져 거의 달리 듯 산을 내려왔다. 무조건 아래로만 내려가자는 전략이었다. 그렇게 정신없이 내달렸지만, 도무지 고도가 낮아졌다는 느낌이 들지 않았다.

"이상하네. 이 정도 걸었으면 아까 우롱차 먹었던 곳 정도는 나와야 하는데……"

용준은 주변을 살펴보았다. 백화된 소나무, 가시풀, 기괴한 버섯들…… 이곳은 그들이 히산을 시작했던 지점이었다. 그들은 산을 내려온 게 아니었다. 고원 둘레를 빙빙 돌고 있었을 뿐.

용준은 배낭에서 핸드폰을 꺼냈다. 더 늦기 전에 구조 요청을 해야 한다고 생각했다. 그러나 일은 안 되는 쪽으로만 나아갔다. 그의 핸드폰은 한물간 피처폰. 이런 고지대에선 터지지 않았다.

"내 건 안 되는데. 당신 스마트폰으로 해봐. 일본 경찰은 110, 구급대는 119일 거야. 아무 데나 먼저 걸어."

은정은 겁에 질린 표정만 지을 뿐이었다. 너무 서두르는 바람에 폰을 가져오지 않았다는 것이다. 할 말을 잃은 용준은 그저 하늘만 보았다. 산등성이 너머로 별이 끝없이 펼쳐졌다.

반짝이는 별을 보고 공포에 질려보긴 처음이다.

"나 추워."

은정이 숨죽여 울기 시작했을 때 그들의 조난이 확실해졌다. 해는 완전히 넘어가 있었다. 오늘은 토요일. 서울에서 결혼식을 올린 지 꼭 엿새째 되는 날이다.

6

"오빠, 미안해. 나 때문에."

은정은 앵무새처럼 반복하기만 한다.

자기가 무슨 말을 하고 있는지 모르는 게 분명하다. 겁에 질려 있는데다 계속 울기만 해서 너무 일찍 저체온증이 찾아오고 말았다.

"그런 말 마. 괜찮아질 거야. 조금만 더 견뎌봐."

말은 그렇게 했어도 용준 역시 무서웠다.

이대로 죽는 건가.

원대한 목표가 있는 삶은 아니었다. 승부욕이 강하지도, 내세울 만한 꿈도 없었다. 마흔 살 생일날 자신에게 벤츠 E클래스를 선물하자, 라는 게 인생의 목표라면 목표였다. 지금 생각해보니 한심하다. 고작 E클래스라니. S클래스도 아니고.

"오빠, 미안해. 나 사실……"

그때 은정의 몸이 스륵 기울었다.

은정은 여기까지라는 걸, 이게 끝이라는 걸, 영영 이별이라는 걸, 용준은 직감했다. 혼이 빠져나간 몸은 뼈가 없는 것처럼 구부러졌다. 결국 이렇게 되었다. 아내를 지켜주지 못했다.

"공릉동에 사는 서른두 살 송은정, 잘 들어! 정말 널 사랑했어. 내가 사랑한 건 너뿐이야. 미안해할 것 없어. 죄책감을 갖고 가선 안 돼. 유령은 되지 마! 원혼은 되지 마! 아무것도 아니야. 밝은 빛을 따라가. 절대 뒤돌아봐선 안 돼. 난 울지 않을게. 결코 울지 않을 거야. 그러니까 너도 이쪽을 돌아볼 필요 없어!"

용준은 미친놈처럼 소리를 질러댔다. 숨이 끊어진 뒤에도 인간의 청각은 얼마간 남아 있다는 걸 잡지에서 읽은 적이 있기 때문이다. 은정은 잠을 자듯 죽어 있었다. 용준은 아내의 흐트러진 머리칼을 귓등 뒤로 정리해 밀어 넣었다.

걱정 마. 나도 곧 갈게.

그는 기다렸다.

그것이 오기를.

그때 용준의 눈에 뭔가 들어왔다. 라이터를 찾으려고 필사적으로 주머니를 뒤졌을 때 나왔던 잡동사니들—동전들, 전철표, 각종 쿠폰들, 영수증들, 숙소 카드키—중에 유난히 빳

빳한 보드지가 있었다. 아깐 뭔가의 태그이겠거니 했는데, 지금 보니 납작한 성냥갑이다. 카페에서 나눠주는 판촉용 종이 성냥. 마분지 성냥을 하나씩 끊어서 사용하도록 만든 물건이다. 성냥갑 앞면엔 영어로 '버드'라고 쓰여 있다. 그것이 재즈 클럽 이름이라는 건 겨우 생각해낼 수 있었다. 그날 밤 용준은 피아니스트의 연주를 들으며 담배를 피웠는데, 그때 이걸로 불을 붙였다. 쓰고 나서 무심결에 바지 뒷주머니에 넣었던 것이다. 이후 피아니스트와 이런저런 얘기를 하느라 판촉용 성냥 따윈 신경 쓰지 않았다. 기념으로 챙겨야겠다는 생각도 없었다. 그저 무의식적으로, 혹은 즉흥적으로 성냥을 주머니에 넣었던 것이다.

하, 재즈라는 건가요.

용준은 힘없이 웃었다.

이 정도면 신의 계시나 다름없다. 귀걸이 일도 그렇고 용준은 그녀와 만날 수밖에 없는 것이다. 이쯤 되면 운명이다. 그렇게 생각할 수밖에 없다. 달리 다른 가능성이 있을까.

살고 싶다, 라고 용준은 생각했다. 살아서 음악도 듣고 싶고, 온천도 하고 싶고, 맛있는 음식도 먹고 싶고, 친구들도 만나고 싶고, 루브르나 사치 갤러리에도 가보고 싶고, 힘들겠지만 새로이 사랑도 하고 싶다. 그다지 불가능한 일도 아니다. 성냥 하나를 마찰면에 문지르기만 하면.

성냥불로 모닥불을 피우면 저체온증에서 벗어날 수 있다. 그러면 한국에 돌아가 가족과 재회할 수 있고, 친구들과 맥주를 마실 수 있고, 프랑스 여행도 갈 수도 있고, 콘서트장이나 야구장에도 가볼 수 있다. 소파에 누워 챔피언스리그를 볼 수도, 맛있는 커피를 음미할 수도, 극장에 갈 수도 있다. 무엇보다 그 아름다운 피아니스트를 만날 수 있다. 언제라도 그녀의 연주를 들을 수 있고, 함께 수영도 할 수 있으리라.

성냥을 문지르기만 하면.

단지 불을 피우기만 하면.

하지만 용준은 성냥을 긋지 않았다.

그건 왜였을까.

그 자신도 알 수 없었다. 용준은 성냥을 던져버리고 죽어 있는 은정 옆에 가 나란히 앉았다. 그리고 그녀의 손을 잡았다.

왔어.

순간 몸이 가벼워졌다.

평생 느껴보지 못한 경량감이었다. 마치 몸이 종소리로 변한 듯한. 사람이 종소리로 변신하다니. 그게 가능한 건가. 하지만 이 기분을 달리 표현할 방법이 없다. 용준은 눈부신 빛을 향해 훌훌 올라갔다.

마지막에 청각이 남는다는 말은 정말이구나.

그 증거로 그는 강렬한 댄스음악을 듣고 있었다. 붐치키붐치키— 번쩍이는 조명 아래 은정이 신나게 블랙핑크 춤을 추고 있다. 혼자 왔어요? 그녀가 웃으며 용준의 어깨에 손을 올렸다.

나를 충청도에 묻어주오

양씨는 머리 가죽이 벗겨진 채 발견됐다.

"집 안이 온통 피바다였어."

김씨가 말했다.

"의외야."

내가 말했다.

아무리 생각해봐도 그런 일은 의외다. 나는 가슴 깊이 심호흡했다. 불안할 땐 향긋한 솔향기를 맡는 게 최고다. 이곳은 숲으로 둘러싸여 있어 어디에 있든 소나무 향기가 난다. 여긴 그런 곳이다. 소나무 향기가 감싸는 전원마을. 은퇴자들의 천국.

"끔찍하다기보다는 어색하달까."

김씨가 말했다.

"어색하다니?"

"사람의 가죽이 뼈에서 분리된다는 것 말이야."

왠지 발밑이 붕 뜨는 기분이다.

공포라든지, 연민이라든지 그런 감정이 아니다. 몸이 붕 떠올라 괄약근이 조절 안 되는 느낌. 김씨도 그런 기분이 들었음에 틀림없다. 그의 눈동자가 조금씩 풀리더니 멍한 상태가 되었다. 사건 현장을 떠올리고 있는 것이라고 나는 생각했다. 김씨는 피투성이 양씨를 발견한 최초 목격자다.

"양씨 사건 뒤로는 잠이 안 와."

김씨가 눈을 벅벅 비비자, 수면 부족으로 벌게진 눈알이 더 새빨개졌다. 과연, 이라고 나는 생각했다. 사람의 피 묻은 두개골을 목격한다는 것은 보통 일이 아니군.

*

"이봐, 탁구나 칠까."

라켓을 흔들어 김씨를 유인했다.

양씨 사건 이후, 그는 피 묻은 머리 가죽 이미지에 완전히 사로잡혔다. 말을 걸면 발작하듯 "두피가 덜렁덜렁했어. 두

피가"라고 중얼거린다. 이럴 때 필요한 것이 탁구다. 랠리에 열중하면 외상후스트레스 따위 쉽게 잊을 수 있다.

탁구대는 내 집 마당에 놓여 있다. 야외에서 햇볕을 쬐며 탁구 치는 것을 나는 오랫동안 동경해왔다. 정년퇴직하면 꼭 해보고 싶은 일이었다. 마당 잔디를 밟으며 탁구를 치는 것.

"자, 간다."

나는 유남규 식 강서브를 넣었다.

탁구공이 튀고 획획 라켓이 돌아갔다. 우린 서로 봐주지 않고 죽어라 스매시를 먹였다. 이 나이에 우리가 화끈하게 할 수 있는 일이란 이렇게 스매시를 먹이는 것 정도다.

다슬기였던가, 오가피였던가.

김씨는 뭔가의 엑기스를 팩에 담는 사업을 했다고 한다. 한때 큰돈을 만졌고, 본사엔 젊은 직원들이 백 명이나 되었다. 하지만 글루코사민과 프로폴리스에 밀려 사업은 순식간에 거덜 났다. "그땐 다들 날 회장님이라고 불렀지." 김씨는 지그시 눈을 감고 말하곤 했다. 스물다섯 살이나 어린 여비서와 정사를 나눴다고도 얘기했다.

그 기분 나도 안다. 나도 학교에 가면 모두들 "교장 선생님, 안녕하십니까" 하며 허리를 숙였다. 나 역시 퀸카라 불리던 젊은 여교사에게 몇 번 서비스를 받은 적이 있다. 그건 정사는 아니었다. 하지만 젊은 여자에게 그런 서비스를 받았다는 사실이 내겐 무척 중요했다. 이젠 다 지나간 일이다. 아무도 우릴 회장님으로, 교장 선생님으로 깍듯이 모시지 않는다. 우리의 시대는 완전히 저물었다. 일선에서는 은퇴했고, 친구들 절반은 암으로 죽거나 풍을 맞았다. 하루가 다르게 몸은 시든다. 격렬한 섹스는 먼 나라 일이 되었다. 무엇으로 자신을 증명하겠는가. 스매시밖에 없다.

"탁구 정도로 될까."

김씨가 말했다. 서브를 넣을 차례인데 도무지 공을 보낼 생각을 하지 않고 있다.

"우리 나이에 탁구면 되지."

내가 말했다.

"우리 머리도 벗겨지는 날이 오는 거 아닐까."

"나이 들면 누구나 탈모가 되는 거야. 그보다 빨리 서브나 넣어."

"내 말은 머리 가죽이 벗겨진다는 얘기였어."

거참, 집요하다. 김씨는 틈만 나면 머리 가죽 얘기다. 그 탓에 나도 양씨의 덜렁거리는 머리 가죽을 또 떠올리고 말았다. 피를 뒤집어써서 어디가 눈이고 어디가 입인지 구별할 수 없는 양씨의 얼굴.

"노인의 삶엔 애로점이 많구나."

힘이 쭉 빠져 라켓을 놓치고 말았다.

퇴직금으로 전원주택을 마련하고, 야외 탁구를 쳐봐도 소용없다. 좋은 일은 일어나지 않는다. 찾아오는 손님도 없고, 가슴을 설레게 하는 이벤트도 일어나지 않는다. 이벤트라고 해봐야 이웃 사람의 피 묻은 두개골을 목격하는 것 정도다. 그런 걸 이벤트라고 할 수 있을까.

"난 양씨처럼 당하긴 싫어."

김씨가 말했다.

"뭘 어쩔 건데?"

"탁구나 칠 순 없다고."

"그만해. 소주나 한잔하지."

더 이상의 랠리는 무의미하다고 판단, 안주로 먹을 풋고추와 오이를 텃밭에서 땄다. 탁구 테이블에 간단히 술상을 차리고 소주병을 따는데,

"지금 술이나 마실 때냐."

김씨는 팽하니 돌아가버렸다.

하는 수 없이 혼자 소주를 마셨다. 이미 뚜껑을 따버려서 어쩔 수 없다. 한 잔 두 잔 마시다 보니 산 너머로 태양이 뉘엿뉘엿 가라앉았다. 멋지네, 라고 나는 생각했다. 이런 순간엔 섹스라든가 동물적 욕망이 싹 가신다. 돈 걱정이나 나라 걱정 같은 것도. 이혼한 딸자식이라든가 먼저 세상을 뜬 마누라도 생각나지 않는다.

나는 눈도 깜빡이지 않고 서쪽 하늘을 바라보았다. 생각해 보면 이상한 일이다. 젊은 시절 승진에 열을 올렸을 땐 저 미스터리한 보랏빛이 보이지 않았다. 은퇴한 뒤에야 비로소 말 없이 노을을 바라볼 줄 알게 되었다. 하늘, 석양, 별, 바람, 풀잎, 그런 것들은 언제나 내 곁에 있었는데…… 슬슬 갈 때가 되어서 그런지 작고 흔한 것들이 가장 애틋하다. 해가 완전히 넘어간 뒤 탁구대를 접고 이를 닦고 잤다.

*

감자를 삶아서 김씨 집에 갔더니, 뭐랄까 가관이다. 그는 말뚝에 폐타이어를 걸고 검도 연습을 하고 있었다.

"머리!"

검도복은 또 뭐란 말인가. 평소 입던 개량한복은 어디 가고. 눈빛도 필요 이상으로 이글거려 어째 이상하다. 왠지 탁구 칠 때의 눈빛은 아니다.

김씨의 정원은 하룻밤 새 달라져 있었다. 채마밭은 사라졌고, 대추나무와 매화나무도 잘려 나갔다. 트랙터로 갈아엎었는지 화단도 판판해졌다. 그 자리엔 역기와 벤치프레스, 윗몸 일으키기 도구가 놓였다.

"흘."

나는 웃었다.

노인이라면 텃밭에 물을 주는 게 도리다. 이제 와서 검술을 연마한다는 건 웃기는 일이다. 우리 나이도 벌써 일흔여섯이다. 김씨는 자신이 대한검도회 공인 5단이라고 말하지만, 그것도 다 옛날 일이다.

"감자나 먹지."

이 시간에 우리는 늘 찐 감자를 먹어왔다. 감자엔 칼륨이 많아 고혈압 예방에 좋다. 하지만 김씨는 감자에 눈길을 주지 않고 하단베기에 열중한다. 도대체 왜 저러나 싶다. 평소엔 감자를 잘만 먹었으면서.

"무념무상!"

이어지는 찌르기와 상단베기. 칼날이 스치자, 타이어는 슬라이스 햄처럼 썰려 나갔다.

"뭐야, 그거 진검이잖아."

"당연하지."

나는 섬뜩해서 한 발짝 물러섰다. 비록 타이어라고 해도 뭔가가 칼에 찔리는 건 보기가 좀 그렇다.

"감자 안 먹어?"

김씨는 대답하지 않는다.

"그럼 여기 두고 간다."

나는 감자가 든 냄비를 벤치프레스 의자에 올려두었다.

“그건 날 모독하는 거야.”

“내가 뭘 어쨌다고 그래?”

적당히 좀 해라, 라는 생각뿐이다.

“운동기구에 냄비 따위 올려두지 말란 말이야!”

기어이 필살기마저 쓴다. 검은 슬라이스 햄이 깃털처럼 흩날려 착착 쌓였다. 나는 놀라서 벤치프레스에 놓아뒀던 냄비를 들어 올렸다.

“갑자기 왜 그러는 거야? 어제만 해도 함께 찐 감자를 먹었잖아! 그것도 아주 맛있게!”

“솜씨 좋은 인디언이 다녀간 듯했어.”

김씨가 말했다.

“인디언이라니?”

“인디언 전사는 적의 머리 가죽을 벗겨.”

대체 어떻게 된 건가. 이 사람의 머릿속엔 오로지 양씨 사건뿐이다.

“그만 좀 해.”

머리 가죽 얘기는 더 이상 듣고 싶지 않다. 정말이지 더는 참을 수가 없다. 나는 분연히 냄비를 들고 일어섰다. 심기가 불편하다는 뉘앙스를 듬뿍 담아서.

“노바디는 인디언이지.”

그때 김씨가 말했다. 아아, 끝내 그 말을 뱉어버리고 말았다.

"자네, 그게 무슨 뜻이야?"

나는 뒤돌아서서 따져 물었다.

"별 뜻은 없어."

시치미 뚝 떼고 칼이나 붕붕 휘두르는 김씨.

나도 안다. 노바디가 인디언, 즉 아메리칸 원주민이라는 사실을. 하지만 그걸 말하지는 않는다. 어떤 사실을 알고 있는 것과 그걸 입 밖으로 내는 건 차이가 있다. 엄청난 차이다. 검객이 된 김씨를 뒤로하고 나는 털레털레 집으로 돌아왔다.

*

주방세제가 다 떨어져 수세미만으로 그릇을 닦고 있는데, 거품이 나지 않으니 영 설거지하는 재미가 없다. 가뜩이나 심심한 노년의 삶, 이런 재미까지 빼앗기면 어찌 사나. 과감히 슬리퍼를 신고 세제를 사러 나갔다.

슈퍼에 가는 동안 몇몇 동네 주민들과 마주쳤다. 웬일인지 다들 격렬한 운동을 하고 있다. 공원에서 샌드백을 치는 박씨가 가장 뜬금없다. 엊그제 칠순 잔치를 치른 노인이 헉헉거리며 스트레이트를 연습하다니. 내가 이곳에 입주한 이래, 누군가 샌드백을 치는 광경은 오늘 처음 본다. 이곳 입주자의 평균 나이는 일흔다섯이다. 일흔다섯이란 원투 스트레이트와 가장 거리가 먼 나이다.

슈퍼에 들어가니, 아, 이건 또 뭔가. 슈퍼 주인이 아령을 들고 삼두를 단련하고 있다. 그가 평소에 전혀 하지 않는 행동이다. 이 사람은 일흔아홉 먹은 상늙은이로 치매 예방을 위해 국어사전을 외우는 게 취미다. 언제나 돋보기를 쓰고 에센스 국어사전에 밑줄을 긋고 있었다. 아령 같은 것을 드는 사람이 아니었다.

"양씨 사건 때문에 불안해서."

그는 한 손으로 바코드를 찍으며 말했다. 다른 손으로는 아령을 들어 올렸다가 내린다. 양씨 사건과 아령이 도대체 무슨 상관이란 말인가.

"빨리 계산이나 해주쇼."

나는 만 원짜리 지폐를 카운터에 올려놓았다. 눈앞에서 아령이 오르락내리락하니 정신이 사납다.

"노바디는 인디언이지."

거스름돈을 건네며 그가 말했다.

어쩐지 동의를 구하는 듯한 말투. 하지만, 나는 맞장구치지 않았다. 흥, 음흉한 노인네. 한마디라도 대꾸할쏘냐. 나는 세제 겉면의 '쌀 추출물 함유, 피부 보호 인증' 광고 문구를 말없이 읽었다.

관절 운동을 할 겸 동네를 한 바퀴 돌기로 했다. 주방세제가 담긴 종이 백을 들고 천천히 걸었다. 식수 관리소를 지나 오르막을 오를 땐 세 번이나 쉬어야 했다. 왼쪽 무릎이 쑤셔서 견딜 수가 없었다. 지팡이 없이 걸을 수 있는 날도 얼마 안 남았겠지, 나는 그런 생각을 했다. 그러고는 다시 걸었다.

사슴마을 솔방울로 18-1번지.

어쩌다 보니 통나무집 앞까지 오고 말았다.

일부러 이곳을 찾은 건 아니다. 마을회관을 반환점 삼아 집으로 돌아가려면 어쩔 수 없이 여기를 지나치게 되어 있다. 이 집은 검소한 25평형 전원주택으로 노바디가 살고 있다. 다른 집과는 달리 담장이 없다. 바깥에 서면 안마당이 훤히 들여다보인다.

아파치 추장과 버팔로.

그것이 이 집 마당의 테마다. 노바디는 아파치 추장 조각과 버팔로 조각을 만들어 마당에 전시해두었다. 아파치 추장 상은 구척장신에 화려한 독수리 깃털을 꽂았고 눈알이 부리부리하다. 한 손에는 손도끼, 다른 손에는 활을 들고 있다. 버팔로 상 역시 불곰만큼이나 거대하다. 몸통은 검은 염료로 도색했고, 머리엔 알루미늄 뿔을 박아 넣었다. 금방이라도 콧김을 뿜으며 돌진해올 것만 같다.

이런 형상들이 충청도 전원마을에 무슨 소용인가, 처음에 나는 그렇게 생각했다. 충청도라면 청양고추, 주꾸미, 구기주 아닌가 했던 것이다. 하지만 잘 생각해보면 그런 특산물들은 '6시 내 고향'이 퍼뜨린 이미지에 불과하다는 걸 깨닫게 된다.

교직원 시절 단체로 루브르 박물관에 간 적도 있고, 이집트 피라미드도 본 적 있지만, 뭘까, 이 감동은…… 보면 볼수록 '충청도 산세야말로 아파치와 잘 어울리지 않는가' '논산평야 는 버팔로가 질주하기 딱 좋지 않나' 하는 생각이 든다. '어딜 봐서 이 땅이 한민족 소유란 말인가' '누가 멋대로 땅에 국경 선을 그었나' 하는 데까지 사고가 미치기도 한다.

"담배 한 대 피우시겠어요?"

노바디가 성큼성큼 내 쪽으로 걸어왔다. 2미터 거구가 불 쑥 나타나자, 눈앞에 곰이 다가온 것 같다. 그는 웃통을 벗은 채 수돗가에서 손도끼를 갈던 중이었다. 젖은 손을 바지에 슥 문지른 뒤 내게 담배를 권했다.

나, 금연한 지 오래야. 편도선이 약하거든.

평소 노바디가 담배를 권할 때마다 나는 그렇게 말해왔다. 하지만 오늘은 "거, 좋지"라고 대답해버렸다. 노바디의 호의 를 계속 무시할 순 없었다. 담배를 피우면서 이런저런 얘기를 나누는 것도 살아 있을 때나 할 수 있는 일이다. 편도선 관리 를 하느라 젊은 인디언과 대화할 기회를 날린다면, 그걸 삶이 라 할 수 있을까.

오늘은 그가 말아준 담배를 받았다. 노바디가 라이터로 불을 붙여주었다. 마흔 살 이후로 쭉 금연했으니까 거의 36년 만에 피워보는 담배다.

"어르신. 저도 한 대 피워도 되겠습니까?"

도끼날에 맺힌 물이 땅에 톡 떨어졌다. 고요해서 그 작은 소리마저 쩅하니 울린다.

"뭘 그런 걸 허락받고 그러나."

"충청도에 왔으면 충청도 룰을 따라야죠."

어눌한 한국어이지만 문법이 틀린 곳은 없다.

노바디는 롤링페이퍼로 담배를 말아 불을 붙였다. 연기를 내뿜을 땐 내 얼굴에 연기가 닿을까 봐 고개를 돌려 후, 했다. 2미터 장신이지만 센스 있다는 느낌을 받았다. 노바디의 나이는 마흔. 마을 주민들 중 가장 젊다. 눈에 총기가 있고 멋진 장발을 가진 이는 이 마을에서 노바디뿐이다.

담배를 반쯤 피웠을 때 그가 박달나무 토막을 다듬기 시작했다. 노바디는 자유자재로 도끼를 다뤘다. 나무에 도끼날을 스치듯 그으면 껍질이 쑥 벗겨졌다. 나무 속살이 하도 뽀얘서 마치 사람 백골 같다.

"도끼질, 참 놀랍네."

나는 말했다.

"저는 한국 사람이 젓가락 쓰는 게 더 놀랍던데요."

노바디가 대답했다.

그러면서 다듬은 목재를 조각칼로 파서 본격적인 형상을 만들었다. 칼질할 때마다 등판의 근육이 꿈틀꿈틀한다. 구릿빛 피부에 건강한 땀이 맺혔다.

"무엇을 조각하는 건가?"

"스페인 정복자의 머리 가죽을 벗기는 수우족 전사."

노바디가 말했다.

나는 꼼짝하지 않고 그가 작업하는 과정을 지켜보았다. 노바디가 끌로 나무를 몇 번 밀자 사람의 머리 형상이 나왔다. 나는 주방세제를 든 채 그의 솜씨를 구경했다. 조각에 열중하는 노바디의 눈빛은 매 순간 핵분열이다. 충청도에선 구경할 수 없는, 강렬한 전사의 눈빛.

"지금 이 시점에서 그런 작품은 좋지 않을 것 같네."

나는 노바디에게 말했다.

"무슨 말씀이세요?"

"스페인 사령관의 이마를 도끼로 까는 조각상 말이야."

"양씨 아저씨 사건은 유감입니다만, 조각은 조각일 뿐입니다."

노바디는 침착하게 말했다. 말을 하면서도 조각칼을 손에서 놓지 않는 점이 참으로 젊은이답다. 열중할 뭔가를 갖고 있는 것이다. 그 열정에 몸을 던져 뭔가를 만들어내고, 그걸로 다른 사람을 즐겁게 한다. 그건 마치 마법 같아서, 죽은 나무에서 꽃을 피우게 하는 것과 같다. 나는 그런 일을 해본 적이 있었을까. 평생 단 한 번이라도.

노바디를 처음 봤을 때가 생각난다. 이 년 전 그는 미국 애리조나에서 이곳으로 이주해 왔다. 일행은 없었다. 그의 곁엔 부동산 중개사가 붙어 있었을 뿐이다. "어째서 인디언이 한국의 전원마을에 이사 오는가"라고 묻자, 노바디는 "맨, 한국인 이주민도 애리조나의 시골에 살아"라고 대답했다. 마을 사람들은 더 할 말을 찾지 못했다. 그건 정확히 균형이 맞는 얘기였기 때문이다. 한국인이 애리조나에 살 권리가 있으면, 애리조나 원주민도 한국에 살 권리가 있다.

그날 노바디는 버팔로 가죽 가방 하나만 달랑 메고 있었다. 가방 안엔 손도끼라든가 조각칼 등 연장이 담겨 있어, 뭐랄까, 첫인상만으로는 막 출소한 장돌뱅이 같았다. 그때 맡았던 진한 소가죽 냄새가 아직 생생하다.

*

점심 무렵 보건소장 닥터 정이 전화를 걸어 왔다.

피로 때문인지 목소리에 영 기운이 없다. 양씨 사건 이후로 그는 매일 철야 근무다. 인구감소 지역이라 간호사도 조수도 없기 때문이다. 그는 홀로 양씨의 봉합수술을 집도했고, 지금은 매시간 바이털 사인을 체크한다. 양씨의 상태는 좋지 않다. 과다출혈로 아직까지 혼수상태다.

"자네, 혹시 혈액형이 B형인가?"

닥터 정이 말했다.

"그렇네만. 그건 왜?"

"양씨 피가 모자라. 괜찮다면 보건소에 와서 헌혈 좀 해줄래?"

"그러지."

"고마워. 이럴수록 모두 뭉쳐야지."

"뭉치다니?"

나는 의문을 제기했다.

"내 말은, 헌혈이 필요하다는 거지."

닥터 정이 말했다.

"그렇다면 헌혈이 필요하다고 말했어야지."

'뭉친다'라는 어휘는 부적절하다고 생각된다. 전원마을에 사는 늙은이들에게 힘을 뭉치자고 선동해서 뭘 어쩌겠다는 말인가. 노인은 흩어질 준비를 해야 한다. 왜냐면 머지않아 이 육신도 산산이 흩어져서 원소로 돌아가니까.

전화를 끊고 혼자 점심을 차려 먹었다. 상추와 오이 피클, 숙주나물, 반찬은 이게 전부. 밥을 먹기 전, 소주부터 한 잔 마셨다. 참이슬 뒷맛은 진짜 별로이지만, 이 나이에 와인에 취미를 붙이기도 뭣해서 그냥 습관대로 마신다. 한잔 털어 넣자 오늘따라 묘한 날숨이 올라온다. 십이지장 어디께에서 상처가 곪고 있는 것 같은 숨. 나한테서 이런 냄새가 나다니. 작년까지만 해도 호흡에서 냄새가 나는 일은 없었다.

돌이킬 수 없이 늙었구나.

어차피 모든 건 썩는다. 몇 년 후에 내 손가락이건 십이지장이건 모두 땅속에서 썩어갈 것이다. 뭐, 그때는 냄새로 고민할 일도 없겠지. 게다가 나는 화장하기로 마음을 굳혔다. 딸에게 분명히 의사를 표시했고, 유언장에도 써두었다. 그날을 생각하며 소주 한 병 말끔히 비웠다. 유령이 되면 나도 투명해지겠지. 이 소주 색처럼. 참이슬은 그 점이 마음에 든다.

*

보건소 문을 열고 들어갔더니, 병원 특유의 알코올 냄새가 훅 끼쳤다. 알코올은 소독용이지만 피와 내장 냄새를 지울 때도 쓰인다. 그래서 이 깔끔한 화학약품은 시체를 연상시키고 만다. 언젠가 내 몸에도 뿌려질 것이다.

분위기 좋고 좋고. 느낌이 와요 와요. 앗싸, 이쁜 내 사랑.

진료실에선 송대관 메들리가 흐르고 있다. 보건소장 닥터 정은 트로트를 좋아한다. 트로트는 절대 내 취향이 아니지만 여긴 보건소장의 영역이므로 뭐라고 할 순 없다.

"양씨는 아직 쇼크 상태야."

닥터 정이 빙빙 청진기를 돌리며 일어섰다.

그는 전직 외과 의사다. 이곳에 터 잡은 지는 삼 년쯤 되었다. 그가 왜 종합병원을 그만두고 이 산골에 처박혔는지는 미스터리다. 추문에 가까운 물의를 일으켜 병원에서 쫓겨났을 것이라는 추측만 돌고 있다. 제약회사로부터 살인적인 리베이트를 뜯어냈다는 소문도 있고, 상습적으로 모르핀을 맞아왔다는 소문도 있다. 나이는 일흔여섯으로 나와 동갑이다.

"정말 무서운 일이지. 산 채로 머리 가죽이 벗겨진다는 건."

이렇게 말한 건 김씨.

그는 진료실 벤치에 앉아 드링크제를 마시고 있었다. 나보다 먼저 헌혈을 한 뒤 죽치고 앉아 있는 모양이다. 지겹지도 않나. 그는 여기서도 머리 가죽 타령이다. 나는 김씨에게 고개만 까닥해 알은척을 했다. 찐 감자를 거부한 이후로 그와는 머쓱하게 지내고 있다.

제대로 된 입원실이 없어서, 양씨는 대충 가림막을 친 침대에 축 늘어져 있다. 가림막 사이로 빡빡 밀어버린 두상이 보였다. 봉합수술 때문에 싹 면도를 한 것이다. 프랑켄슈타인 괴물처럼 꿰맨 두피를 보자, 얼마나 잔혹한 사건이었는지 새삼 알겠다. 양씨는 이대로 죽게 될까. 도저히 깨어날 기미가 보이지 않는다.

"누구 짓일까?"

김씨가 닥터 정에게 물었다. 의식적으로 나를 배제하느라 눈이 약간 사팔이 되었다.

"모르긴 몰라도 프로야. 진로를 외과의로 선택했다면 잘해 냈을 타입."

닥터 정이 드레싱을 갈아주며 답했다. 피 묻은 거즈를 쓰레기통에 버린 뒤 휙 가림막을 쳤다.

"전에 헌혈은 해봤지?"

닥터 정이 내 소매를 걸어 올렸다.

"응."

그는 픅픅 고무 펌프를 눌러 혈압을 쟀다. 120에 85. 정상. 손끝을 핀으로 찔러 혈액형도 확인한다.

"B형이 맞군."

닥터 정이 팔뚝에 알코올 솜을 문지르고 정맥에 주삿바늘을 꽂았다.

"200밀리만 뽑을게."

"더 뽑아도 돼."

"그럴 필요 없어. 노바디가 왕창 헌혈했거든."

"노바디가?"

옆에 있던 김씨가 화들짝 놀랐다. 내가 놀라야 할 타이밍인데, 저 사람이 저러니 기분이 나쁘다.

"자네, 검도 연습하러 안 가나?"

김씨가 어서 집으로 돌아가줬으면 하는 마음이다.

"주먹을 쥐었다가 펴. 천천히 반복해."

닥터 정은 채혈용 튜브 관을 일자로 펴서 피가 잘 지나가도록 했다. 피로 불룩해지는 비닐 팩을 보면서 노바디를 생각한다. 그는 왜 헌혈을 '왕창' 했을까. 남들처럼 적당히 하는 게 무난했을 텐데. 이런 시기에 남의 눈에 띄어봤자 좋을 게 없다. 누가 그의 선행을 곱게 바라볼 것인가. 노바디는 너무 젊고 튼튼하다. 숱 많은 머리칼에 넓은 어깨, 전립선비대증도 없다. 이 마을에서 그런 건강한 육체를 가진 사람은 노바디뿐이다. 그것만으로도 이미 유죄인데, 피부색까지 다르다. 피를 뽑는 내내 나는 노바디에 대한 상념에 잠겼다.

때가 되어 닥터 정이 바늘을 뽑아주었다. 솜씨가 괜찮은 의사라 전혀 통증이 느껴지지 않는다. 지혈을 하면서 진료실을 둘러보는데 책상에 놓인 사냥용 칼이 눈에 띄었다. 손잡이에 티타늄 처리를 한 제대로 된 물건이다. 생각해보니, 지난겨울에 닥터 정이 저 칼로 꿩을 손질하는 걸 본 적 있다. 말이 손질이지, 짐승의 배를 따서 내장을 쫙 훑어내는 일이다. 닥터 정은 그걸 '수술'이라고 말했다. 농담이라고 던진 거였지만,

나로선 전혀 웃기지 않았다.

"사냥칼은 왜? 꿩 사냥 시즌도 아닌데."

나는 말했다.

"호신용이야."

"여긴 소나무만 가득한데, 호신은 무슨."

"가만있자, 노바디는 인디언이지?"

닥터 정은 문득 생각났다는 듯 말했다. 하지만 나는 눈치챌 수 있었다. 그가 작정하고 노바디 얘기를 화제로 꺼냈다는 것을. '문득'을 가장했을 뿐이다.

"라코타족 출신이라지 아마."

김씨가 이때다 하고 치고 들어왔다. 으으, 이놈의 노인네. 요즘 말로 진짜 노답이다. 어지간히 매너도 없다. 그나저나 이 마을은 어떻게 되는 걸까. 어디서나 노바디 이야기뿐이다. 나는 말없이 소독솜을 팔뚝에서 뗐다. 지혈은 끝나 있었다.

"그런데 자넨 왜 병원에서 은퇴했나?"

나도 '문득' 닥터 정에게 말했다. 은퇴 얘기가 나오자 그의 얼굴이 굳어졌다. 예상했던 반응이다. 당황한 닥터 정은 더 이상 노바디에 대한 화제를 이어가지 못한다.

"한국 의…… 의료계가 써…… 썩었기 때문이야."

그는 갑자기 말을 더듬었다. 그러고는 각종 의료과실과 항암제 남용에 대해 횡설수설했다. 얼굴이 하얘진 닥터 정은 심전도를 체크한다느니, X레이를 찍어야 한다느니 부산을 떨다가 난데없이 화분에 물을 주기 시작했다. 그의 떨리는 손을 보다가 나는 보건소를 나왔다. 닥터 정의 과거를 들춰서 도발한 점은 미안하다. 하지만 더 이상 인디언 이야기는 듣고 싶지 않았다.

*

구둣발 소리에 눈을 뜨니, 자정이 한참 지나 있다. 이 시간에 찾아올 사람은 없는데, 하면서 일어났다. 어제 헌혈을 해서 그런지 잠깐 현기증이 났다. 저벅저벅, 부츠로 짓밟는 듯한 소리가 점점 가까워지고 있다.

"아, 내 치커리와 상추."

이 와중에 텃밭 채소가 걱정된다.

주섬주섬 겉옷을 입고 거실로 나갔더니, 웬 그림자가 불쑥 다가왔다. 어쩌지? 무기라도 들어볼까, 잠깐 고민했다. 싱크대를 보니 부엌칼이 있었다. 하지만 내가 칼을 든다고 이 상황이 달라질 것 같진 않았다. 나는 허리를 곧추 폈다. 그것만이 내 위엄을 보여줄 수 있는 유일한 수단이다.

"아저씨."

나는 흠칫 놀랐다. 그림자는 2미터쯤 되는 거구였다. 이 마을에 키가 2미터인 남자는 단 한 사람뿐이다.

"노바디. 이 밤중에 웬일인가?"

언제나 그렇듯 손엔 도끼가 들려 있었다.

결국 나도 머리 가죽이 벗겨지는 걸까. 뭐, 유감은 없다. 일흔여섯까지 살았으면 충분히 산 것이다. 그리움도 미련도 없다. 노바디가 천천히 내 쪽으로 걸어왔다. 손에 쥔 도끼에 달빛이 닿자, 그 부분만 번뜩 빛났다. 서로 담뱃불을 붙여줄 수 있을 만큼 가까워졌을 때 노바디가 으, 신음하더니 털썩 주저앉았다. 손에서 떨어진 도끼가 마루를 찍었고, 그것으로 끝이었다.

"노바디. 이게 어떻게 된 일이야?"

온몸이 피투성이다.

한두 군데 찔린 게 아니다. 부축하려 해도 내 힘으로는 턱도 없다. 노바디는 고목이 꺾이듯 쓰러지고 말았다. 셔츠를 벗기니 피가 철철 새어 나왔다. 각각의 상처에서 피가 퐁퐁 솟는 바람에 붕대 같은 건 소용도 없다. 근육이며 힘줄이며 말도 못하게 훼손돼 있다. 왜 이런 멋진 '왕'자 복근이 칼에 찢겨야 한단 말인가. 왜 이런 멋진 통뼈가 칼로 저며져야 하나. 그만 눈물이 나올 것 같았다.

"누가 이랬어, 누가?"

나는 거의 울부짖었다.

“슈퍼에, 담배를, 사러, 갔었어요.”

그는 말을 뚝뚝 끊어서 얘기했다. 목에서 자꾸 핏물이 넘어오기 때문이다.

“이 밤에 도끼를 들고?”

“작업 중엔, 늘, 연장을, 쥐고 다니거든요.”

“길에서 마을 사람과 마주쳤구나.”

“……예.”

나는 가슴을 쳤다. 한밤중에 도끼를 들고 다니는 인디언을 보고 상냥하게 “안녕” 할 주민은 없다. 더구나 마을이 알 수 없는 열기로 가득한 이때에.

“누구였어?”

“잘, 모르, 겠어요.”

“한 사람이야?”

“모르, 겠어요.”

“자넬 말렸어야 했는데.”

머리 가죽을 벗기는 인디언 전사를 조각할 때 그를 말렸어야 했다. 헌혈을 불필요하게 ‘왕창’ 하지 말라고도 말했어야 했다.

“아저씨, 마당의 상추는, 밟지, 않았어요.”

“지금 상추가 문제인가.”

노바디의 몸이 점점 차가워지고 있길래 담요를 가져왔다.

금세 피로 축축해졌지만, 그런 건 문제가 아니다. 담요 따위 또 사면 된다. 119를 부를까 하다가 일단 닥터 정에게 전화했다. 신호만 갈 뿐, 전화를 받지 않는다. 하는 수 없이 김씨에게도 전화를 했지만, 역시 전화를 받지 않았다. 너무 늦은 시각인 것이다. 노바디는 병든 병아리처럼 눈을 감았다. 숨소리는 거의 들리지도 않는다.

"여보게, 노바디. 이거 한 대 피우고 가게."

그를 흔들어 깨운 뒤 입에 담배를 물려주었다. 노바디와 피우려고 사둔 카멜 담배다. 노바디는 아메리카 대륙을 누비던 라코타속의 후예. '에쎄 순'을 건네는 건 예의가 아니라고 생각했다.

"나를 지켜준 것은 참나무. 삶이란 바람 소리일 뿐. 우리는 이 땅과 함께한다……"

노바디는 담배를 절반도 못 피우고 죽었다. 나는 그의 입술에서 담배를 뽑고는 대신 끝까지 피워주었다.

"노바디. 왜 이런 곳에 왔는가."

노바디는 내 말을 듣지 못한다.

왜 이 마을에 왔는가. 버팔로도 없고, 태양신도 없는 이곳에. 여긴 영원히 죽지 않는 인간들만 득시글거릴 뿐인데.

*

마을회관은 동네 주민들로 시끌벅적하다. 주민들이라고 해 봤자 전부 노인들뿐이지만. 점심때쯤 시작한 술판은 도무지 끝날 기미가 안 보인다. 양씨의 퇴원을 기념하는 잔치라, 케이터링 서비스까지 불렀다. 노인들은 후후 불어가면서 돼지갈비라든가 주꾸미를 뜯어 먹는다.

"덕분에 살았네."

혼자 소주나 마시고 있는데, 양씨가 합석했다. 가발을 써서 영 다른 사람 같다.

"난 200밀리만 헌혈했을 뿐인걸."

가발 사이로 얼핏 꿰맨 흔적이 보였다. 이마의 상처만 빼면 양씨는 그저 건강한 노인이다. 누가 이 남자를 일흔 넘은 늙은이라고 보겠는가.

"그날, 기억나는가?"

용기를 내어 물어보았다. 이제 막 퇴원한 사람에게 사건 당시를 회상케 하는 건 실례다. 하지만 나는 누가 양씨를 습격했는지 꼭 알고 싶었다.

"전혀. 술에 너무 취해 있었거든."

너무 태연해서 오히려 이쪽이 불쾌해지고 말았다. 양씨는 더덕주 주전자를 들고 무슨 웨이터처럼 돌아다닌다. 술이 오를 대로 올라 얼굴이 시뻘겋다. 저 사람이 머리 가죽이 벗겨진 중환자였다니 믿기지 않는다. 어째 혈색이 더 좋아진 것 같다. 나는 안주도 없이 소주를 원샷했다.

"헤이, 디제이. 음악 좀 더 세게."

닥터 정은 이미 코가 비뚤어졌다. 누군가 오디오의 볼륨을 키우자, 트로트 메들리가 실내에 꽝꽝 울린다. 쿵짝 쿵짝 쿵짜작쿵짝 네 박자 속에. 울고 웃는 인생사. 연극 같은 인생사. 세상사 모두 네 박자 쿵짝.

"좋았어."

닥터 정이 웃통을 벗이 던지고 탁구 라켓을 집었다.

"누가 나랑 한판 붙을 텐가."

수육을 세 겹씩 싸서 먹고 있던 김씨가 "내가 상대해주지" 하며 일어섰다. 술에 취한 두 노인네의 랠리가 시작됐다. 김씨가 스매시를 먹이자 닥터 정이 날렵하게 리시브했다. 노인이라고는 생각되지 않는 파워와 순발력이다. 탁구대엔 노인들이 모여들어 응원을 하거나 내기를 걸었다. 이들의 흥분과 술기운으로 실내 공기는 텁텁해졌다.

바람이나 좀 쐴까 하고 나는 밖으로 나왔다. 카멜 한 개비 피우려는데, 멧돼지와 눈이 마주쳤다. 덩치가 워낙 커서 버팔로만 했다. 녀석은 협박하듯 훅, 콧바람을 내뿜었지만, 나는 놀라지 않았다. 야생동물이 음식 쓰레기를 먹기 위해 산에서 내려오는 건 흔한 일이다. 이 멧돼지도 쓰레기장의 닭뼈와 썩은 고구마를 주워 먹으려던 참이다.

"협, 협."

나는 고함을 지르면서 멧돼지를 위협했다. 이 나이에 들이받히면 골로 갈 게 뻔하지만 계속 협, 협, 발을 굴렀다. 마을의 음식 쓰레기를 먹는 야생동물을 오늘은 보고 싶지 않았다. 적어도 오늘만큼은. 내가 집요하게 쫓아내자, 멧돼지는 두두두 소리를 내면서 산으로 달아났다.

쓰레기장 문에 자물쇠를 걸고 하늘을 올려다보니, 별이 많기도 하다. 맑고 빛나는 건 모두 하늘에 가 있네. 드넓은 밤하늘을 보고 있자니 여기가 충청도 산골인지 로키산맥인지, 아니면 안데스 고원인지 구분되지 않는다.

"애리조나는 여기서 얼마나 멀까."

죽기 전에 꼭 그곳에 가봐야겠다고 나는 생각했다.

연예인

이게 어떻게 시작된 일이냐면,

올해 봄 개편 이후로 방송 일이 끊겼다. 조짐은 있었다. 몇 년 전부터 영화, 드라마, 연극, 광고, 심지어 잡지 인터뷰까지 줄기 시작했던 것이다. 들어오는 시나리오라곤 대학생 졸업 작품 같은 소품뿐. 봉준호나 박찬욱은 고사하고 신인 감독들조차 연락 두절이었다. 드라마 쪽에서도 찬밥이었다. 물론 음주운전 같은 사고는 치지 않았다. 사생활이 문제되거나 연기력 논란도 없었다. 이대로 잊히는 건가. 슬슬 불안해지기 시작했다. 삼십대 들어 시작된 M자 탈모 때문일까. 부동산 투자로 한몫 땡겼다는 게 소문이 났나? "과민반응이야, 요즘 업계가 좋지 않은 것뿐이라구", 소속사 사장이 말해줘도 불안감은 가시지 않았다. 급기야 듣도 보도 못한 웬 삼류 작곡가가 트로트 음반을 내어보지 않겠냐고 제안했을 때 폭발하고 말았다. 결국 연예인들의 결핵이라는 공황장애 판정을 받았다. 어느 날 진정제를 먹고 나른한 상태에서 영화를 보던 중 문득 '봉사활동이나 해볼까' 하는 생각이 들었다. 무기력하게 누워 있을 바에야 몸을 움직이는 게 나을 듯했다. 반전의 모멘텀이랄까, 이미지 쇄신도 꾀할 수도 있고 말이다. 그동안 나는 차가운 도시남 이미지였다. 대학 때 연극반 활동을 했지만, 전공은 경영학이다. 투자, 펀드, 냉정함, 그런 이미지가 들러붙어 주인공의 여자 친구와 삼각관계를 이루는 돈 많은 전문직 역할을 주로 맡았다. 그 덕에 여성 팬은 늘었지만, 살짝 밥맛없는 캐릭터이긴 했다.

그래, 감동이 없었어.

김혜자 선생처럼 남을 돕고 희생하는 모습을 보여주자. 모든 걸 리셋하고 제2의 인생을 시작하는 거다. 소속사 사장에게 이런 계획을 말했더니, 나쁘지 않은데? 반색했다. 당장 대책 회의가 열렸다. 장애인 시설, 수산시장, 염전, 전방부대, 북극, 갖가지 아이디어가 나왔다.

됐고, 나 소말리아 갈 거야.

회의실 탁자를 쿵 치며 말하자, 모두가 놀랐다. 기왕 봉사하는 거 확실하게 하는 게 좋다. "에휴, '정글의 법칙' 한창 떴을 때 섭외 잡아줬더니 튕겨놓고는" 하면서 사장이 혀를 끌끌 찼다. 고생하러 가는 길이므로 최소 예산으로 촬영하기로 했다. 감각 좋은 피디 한 명만 데리고 비행기에 탔다. 할리우드 진출에 대비해 꾸준히 영어 공부를 해온 덕분에 따로 통역은 필요치 않았다.

남부러울 것 없이 살던 인기 배우가 아프리카 난민들을 도우면서 슬럼프와 공황장애를 극복하고 인생의 진정한 의미를 깨닫는다. 그것이 다큐의 컨셉인데, 내가 생각해도 멋진 것 같다. 중간중간 폭풍 눈물도 예고돼 있다. 대본에 '*깡마르 흑인 꼬마를 끌어안으며 오열한다*'라고 쓰인 부분인데, 중요해서 형광펜에 밑줄까지 그어놨다. 낯간지러운 일이지만, 원래 연예계라는 게 그렇다. 남에게 보여주기 위해 사는 인간들인 것이다.

*

그래서, '말라티'라는 부족 마을에 오게 되었다.

사실 마을이랄 것도 없다. 사막 한복판에 날림으로 지은 움막이 듬성듬성 몇 채 있을 뿐이다. 참혹한 전쟁의 피해자들이지만 다들 해맑고 친절했다. 여기서 나는 주민들과 무람없이 어울렸다. 함께 사냥을 나가고, 악어가죽을 벗기고, 약초와 열매를 채취하고, 바느질을 하고, 3킬로나 떨어진 우물에서 식수를 떠 왔다. 김 피디는 내 옆에 그림자처럼 붙어 촬영했다. 방송계에선 '김 피디'보다 '김뚱'으로 더 알려진 녀석이라 땀을 많이도 흘렸다.

"어이, 김뚱, 육수가 좔좔 흐르네?"

놀려주면 김 피디는,

"냉면 말아드릴까?"

건방지게 받아쳤다.

뻔뻔한 농담을 받아줄 만큼 나는 건강해져 있었다. 서울에서 고민했던 거, 전부 배부른 걱정이었다. 난민의 삶에 비하면 얼마나 편하게 살았던가. 여긴 하루하루가 생존 투쟁이다. 영양실조는 기본이고, 고작 맹장염이나 배탈로 죽는 사람들도 많다. 치안은 없는 거나 마찬가지라서, 반군과 정부군이 번갈아 학살을 해대고, 밤에는 길냥이 대신 사자가 튀어나온다. 그에 비하면 인기 같은 거, 얼마나 부박한가. 서울에서 나는 화장실이 네 개 딸린 초호화 빌라에 산다. 집이 얼마나 넓은지 실감하기 위해 방을 돌아다니며 차례로 변기 물을 내린 적도 있다. 난민들은 기절초풍을 하리라. 이들은 실 같은 유충이 떠다니는 흙탕물도 찔끔찔끔 아껴가며 마신다. 깨끗한

물을 의미 없이 흘려버리는 짓은 상상도 할 수 없다. 내가 철이 없었구나, 여기 와서 비로소 깨달을 수 있었다.

그런 것을 하나하나 일기장에 적었다. 움막에서 참회하듯 적는 거라 제법 운치가 있다. 오, 그럴듯한데요? 촬영하던 김 피디도 인정해주었다. 나중에 보이스오버로 내레이션을 깔아주면 더 깊은 울림을 주리라.

일과가 끝나면 아이들과 축구를 하거나 말춤을 가르쳤다. 희대의 히트곡 「강남 스타일」은 여기서도 인기였다. 그러는 동안 나는 이브라힘이라는 소년과 친해졌다—좀 더 솔직히 말하면 이브라힘을 공략했다. 소위 '그림'이 나오는 아이인 것이다. 이브라힘은 작년에 지뢰를 밟아 바지 한쪽이 헐렁하다. 철컹철컹 목발을 짚으며 말춤을 추는 모습은 뭐랄까, 동심과 인간승리가 절묘하게 뒤섞인 장면이라 저절로 숙연해진다. 이것이 바로 감동 아닐까. 나는 이브라힘을 나의 말춤 후계자로 지명했다.

문제는 이 감동을 어떻게 연출할 것인가였다. 이브라힘 덕분에 나는 완전히 새로운 인간이 되었다. 더 이상 성공에 집착하지 않았고, 불안에 떨지도 않는다. 내가 가진 것에 감사할 줄 알게 되었고, 두 다리로 걷는 것만으로도 얼마나 행운인지 절절히 깨닫게 되었다. 하지만 이걸 나만 알고 있어서야 아무 소용이 없다.

“이브라힘한테 의족을 선물하고 싶어. 그러면 내가 보람 있을 것 같아.”

김 피디에게 말했더니,

“음, 올 것이 왔군.”

하면서 기분 나쁘게 웃었다.

“왜 그렇게 웃어?”

“아니, 뭐, 내일 그거 촬영해달라는 거 아니에요? 최대한 자연스럽게. 사전 모의하지 않은 것처럼.”

“야, 사전 모의라니. 뭔 말을 그렇게 해?”

내가 무슨 다단계 사기꾼이냐.

“워워, 열 내지 마요. 가뜩이나 더운데. 이게 다 오드리 헵번하고 김혜자 선생이 다 했던 것들이에요. 새로울 것도 없어요. 형이 이걸 처음 경험한다 뿐이지. 나한텐 솔직히 말해도 돼요.”

“뭘 솔직히 말해?”

점점 기분이 나빠진다.

“의족 이벤트 말이에요.”

“뭣이? 이벤트라고? 야, 그 말 당장 취소해!”

“이벤트죠. 솔직히, 이브라힘을 위해서 그러는 게 아니잖아요. 아, 물론 그런 마음이 없는 건 아니겠지만, 중요한 건 다리 없는 흑인 아이한테 의족을 약속하는, 근사한 그림을 건지고 싶다는 거 아니에요? 그러니까, 변모라고 할까, 인간적으로 변한 자신의 모습을 영상에 담고 싶다, 그걸로 대중의 호감을 얻었으면 좋겠다, 그 이미지를 무기 삼아 다시 예전처럼 라디오나 방송에 나가고 싶다, 그거 아니냐구요? 걱정 마요. 나야 그런 거 전문이니까.”

개새끼.

죽통을 날려줄까 보다. 하지만, 나보다 힘센 녀석이라 참았다. 방송 피디치고는 드물게 체육대학을 나온 놈이다.

*

다음 날, 촬영은 순조롭게 진행되었다.

김 피디가 말을 삐딱하게 해서 그렇지, 연출력 하나는 발군이다. 서울로 돌아가면 의족을 보내줄게, 말하는 장면에서 작게 ‘큐’ 사인을 내주었다. 그러자 버튼이라도 누른 것처럼 눈물이 줄줄 흘렀다. 이브라힘도 나를 부둥켜안고 울었다. 줄자로 이브라힘의 다리 길이와 허벅지 둘레를 재고, 무릎 절단면을 사진 찍으면서—이런 디테일은 역시 김 피디의 아이디어다—또 한 번 눈물바다가 되었다.

“아저씨, 정말 감사해요.”

이브라힘이 내 목을 끌어안았다.

“젠장! 퓰리처상 감이군!” 김 피디가 중얼거렸다. 어쨌든 대본에 있는 ‘깡마른 흑인 꼬마를 끌어안으며 오열한다’ 지문은 완벽하게 실현되었다. 하늘의 펠리니 감독도 ‘오케이!’ 했으리라.

점심에는 과자를 몽땅 풀어 파티를 했다. 어차피 낼모레 귀국이라 남길 필요는 없다. 꿍쳐둔 담배, 술, 육포, 영양제도 모두 뿌렸다. 주민들이 기뻐하며 월드컵 우승이라도 한 듯 날 헹가래 쳐주었다.

“제가 여러분에게 베푸는 것이 아닙니다. 가장 값진 걸 얻어가는 건 저입니다.”

뻔하디뻔한 말이지만, 비쩍 마른 흑인들 앞에서 하니까 전율이 일었다. 왜 톱스타들이 아프리카까지 날아와서 봉사하는지 알 것 같았다. ‘나눔’ ‘선행’ ‘사랑’ 따위 낯간지러운 단어들이 헐벗은 흑인들의 퀭한 눈빛을 받으니, 마법처럼 생명력을 얻었고 마치 금가루처럼 사라라 내 가슴에 스며든다. 그건 놀라운 경험이었다. 여길 오길 정말 잘했다고 생각했다. 공황장애 약은 사막에 던져버렸다.

“마치…… 반달곰 같지요?”

김 피디가 빙글거리며 말했다. 이해가 잘 되지 않는다. 예능 피디를 한 놈이라 그런지 가끔 뜬금없는 말을 한다.

“반달곰?”

"우리는 저 비참한 사람들에게 약간의 돈과 식량을 지불해요. 그리고 저들의 옆구리에 빨대를 꽂아요. 그리고, 호로록 빨아 마시는 거예요. 감동이라는 쓸개즙을."

김 피디가 호로록— 할 때 소름이 돋았다. 흡사 영화「데어 윌 비 블러드」의 다니엘 데이 루이스 아닌가 했다. 파산한 목사 폴 다노에게 "아이, 드링크, 유어, 밀크셰이크! 호로록!" 하던 명장면이다. 미친 연기지. 내가 제일 좋아하는 장면이다.

"야, 넌 말을 해도."

쓸개즙이 뭐냐, 쓸개즙이.

"이 사람들은 집도 없고 땅도 없고 미래도 없고 꿈도 없고, 정말 아무것도 없는데, 바다 건너 잘 먹고 잘사는 연예인한테 감동까지 내어줘야 해요."

"닥쳐, 기분 좋은 날에."

기어이 폭발하고 말았다.

"형은 이 사람들을 위해 전 재산 내어줄 수 있어요?"

"말 같잖은 소리 마! 그래도 이렇게나마 봉사를 하러 왔잖아. 말벌 같은 모기에 뜯겨 얼굴은 장정구가 됐어. 일주일 새 살이 오 킬로나 빠졌다구. 이게 아무나 할 수 있는 일이냐? 이것조차 안 하는 사람들이 얼마나 많은데."

"형이 하나 남은 라디오 DJ에서 안 짤렸으면 아프리카에 왔을까요?"

"……"

씨팔, 할 말이 없다.

"이 사람들 끝까지 지켜봐줄 수 있어요? 아니잖아요. 그냥 일주일 촬영하고 가시는 거잖아요."

이게 드라마였다면 냅다 따귀를 갈기거나 물을 끼얹을 타이밍이다. 베테랑 연기자답게 나는 멱살부터 잡았다.

"개자식아, 잘난 척하지 마. 죽여버릴 거야."

뺨을 때려주고 싶지만, 참았다.

얼굴을 때리면 김 피디가 흥분할 수 있기 때문이다. 취미로 주짓수를 배운다는 놈이다. 피디 겸 경호원 역할로 따라왔지만, 수틀리면 하극상을 벌여 내게 길로틴 초크를 걸 수도 있다. 역사적으로 우리 한국인은 반란의 민족이니까. 여긴 뜯어말려줄 기획사 사장도, 팬클럽도 없다. 프리랜서 피디놈한테 초크가 걸린 채, 캑캑 탭을 치면 얼마나 굴욕적일 것인가.

"너, 내가 서울 돌아가면 꼭 죽인다. 이 바닥에서 발도 못 붙이게 해줄 거야. 아주 목을 따버릴 거야."

지금 생각하면, 화가 나더라도 그런 말은 하는 게 아닌데 그랬다. 아프리카 대륙은 각종 주술과 마법의 총본산이다. 진심을 담아 저주를 내리면 실현되고 만다. 내 말이 끝나자마자, 마을 사람들이 웅성거리는가 싶더니 베레모를 쓴 군인들이 들이닥쳤다. '무투투'라 불리는 반정부 무장세력들이다. 러시아제 소총과 무시무시한 정글 칼을 들었다. 김 피디는 오히려 신이 났다.

"형, 이거 대박인데요? 형이 인질로 잡히면, 이거 전 세계로 방송되는 거예요. 특종은 신이 내려주는 거라더니, 여기서 내가 퓰리처급으로 올라서는구나. 완전 각본 없는 드라마잖아!"

흥분한 김 피디가 카메라를 들이댔다.

그러나 반군 대장은 초상권을 중시하는 사람이었던 것 같다. 아니면, 카메라 울렁증이 있거나. 그렇다면 찍지 말라고 좋게 좋게 말을 하지, 냅다 정글 칼을 휘둘러버릴 건 또 뭔가. 결국 김 피디는 살아 있는 채로 죽었다. 아니, 죽었는데 살아 있다고 해야 하나. 아니다, 호흡은 멈췄는데 의학적으로는…… 아, 모르겠다…… 간단히 말하면, 머리가 날아갔다. 정말로 목이 따인 것이다.

"김 피디, 내가 기도할게! 내가 기도할게!"

목이 날아간 피디의 시선을 받을 때 연예인은 대체 무슨 말을 해야 하지? 젠장, 이게 몰래카메라일 수는 없잖아. 김 피디의 머리 쪽은 아직 살아 있다. 눈알을 이리저리 굴리면서 나와 시선을 맞추려고 애쓴다. 너무 비현실적이라 살려줘, 라고 말할 정신도 없었다. 잠자코 기절이나 하는 수밖에.

*

정해진 수순이라고나 할까, 역시 주민들은 반군과 한통속이었다. 특히 이브라힘, 이 맹랑한 꼬마 녀석! 빛의 속도로 배신했다. 내 관자놀이에 소총을 겨누고 "돼지 같은 놈"이라고 욕을 했다. 봉사고 뭐고 화가 나서 박치기를 하려다 참았다. 옆에 반군 대장이 버티고 서 있었기 때문이다. 그는 키가 2미터가 넘는 괴물이다.

"야, 김뚱. 그만 처자빠져 자고, 아이디어를 좀 내보라고! 어떻게 할 거야?"

김 피디는 팔자 좋게 널브러져 있다. 좁은 움막에 김뚱과 갇혀 있자니 돌아버리겠다. 찜질방에 단둘이 있는 것만으로도 짜증 나는데, 여긴 불쾌지수 120퍼센트인 아프리카이다.

"말 좀 해보라고!"

영 반응이 없길래 겨드랑이를 꼬집어주려는데 피 냄새가 훅 올라온다.

아, 얘 죽었지.

김 피디의 머리가 없었다……

불쌍한 놈. 기아 퇴치를 위해 매달 기부도 했는데, 결국 이런 꼴을 당하는군. '웃으세요, 형. 사람은 행복해서 웃는 게 아니라, 웃어서 행복해지는 거래요.' 어디서 주워들은 명언

따월 나불거리더니만, 다 나이브한 개소리였다. 니미, 눈물만 나잖아.

그 순간 김 피디가 슬금슬금 움직여 눈을 의심했다. 좀비처럼 몸을 이리저리 비틀며 일어서고 있다. 나한테 손까지 흔들어 보인다!

"김 피디, 살아났구나!"

이 자식, 열심히 교회 다닌다더니, 부활한 모양이다. 비록 머리는 날아갔지만, 상관없다. 당분간 내 신경을 긁어대는 말을 지껄이지 못할 테니 오히려 잘됐다.

"그래, 나 여기 있어!"

하지만, 김 피디는 부활한 게 아니었다. 불쑥 들이닥친 들개들의 먹잇감이 되어 질질 끌려다니는 중이다. 나도 미쳤지. 저걸 보고 김 피디가 되살아났다고 생각하다니. '지방이 풍부한' 김 피디는 개 떼들에겐 숙성 연어처럼 보였으리라. 얼마나 맛있으면 저희들끼리 싸우고 난리다. 우적우적…… 오도독오도독…… 촵촵…… 그 난리통 속에서 김 피디의 오른팔이 툭 떨어져 나왔다. 개들이 그것마저 물어 가려 하길래 힘껏 주둥이를 걷어차주었다. 그렇게 겨우 김 피디의 팔을 지킬 수 있었다.

잘 먹고 갑니다……

개들은 썰물처럼 빠져나갔다. 이제 팔만 남은 김 피디……

이걸 어쩐다……

“아, 이브라힘.”

그때 이브라힘이 들어왔다. 목발을 짚을 때마다 어깨에 멘 소총이 덜그럭거린다. 그새 반군에 가입했기 때문이다. 지조도 의리도 뭣도 없는 녀석.

“물 가져왔어요.”

생수통을 내밀길래 체면이고 뭐고 벌컥벌컥 들이켰다. 그러다 어라? 싶었다. 내가 즐겨 마시는 페리에 탄산수였기 때문이다. 내 배낭에 숨겨두고 혼자 마셔온 것이다. 이 녀석, 허락도 없이 내 가방을 뒤졌나 보군.

“이건 밤에 덮으시고요.”

뭐야, 날더러 UN 구호품 담요를 덮으라고?

굴욕감에 점점 뚜껑이 열린다. 설상가상, 이브라힘의 사촌이라는 놈은 빙빙 돌면서 내 모습을 촬영하고 있다. 들고 있는 카메라는 물론 김 피디의 것이다. 렌즈 주변엔 피까지 말라붙어 있다. “찍지 마, 개자식아!” 소리치자, 놈은 실실 웃으면서 나갔다. 은혜를 이런 식으로 갚다니, 도대체 어떻게 생겨먹은 놈들인가. 과자도 주고, 학용품도 주고, 의족도 약속했는데.

“이브라힘.”

아니꼬워도 지금 유일한 희망은 이브라힘뿐이다.

“네.”

“아저씨는 이브라힘이 얼마나 착한지 알지. 저번엔 게릴라들한테 잘 보이려고 오버한 거지?”

나한테 총을 겨누고 ‘돼지 같은 놈’이라고 욕한 건 꼭 사과를 받아야겠다. 하지만, 이브라힘은 묵묵히 날 내려다볼 뿐이다. 어째 노숙자한테 적선이라도 한 표정이다. 쌀과자를 던져주면 “고마워요, 아저씨” 하며 다정하게 안겼던 아이는 대체 어디로 갔는가.

“저기, 고맙다는 말 안 하세요? 제가 물도 드리고, 담요도 드렸는데.”

귀를 의심했다. 나한테 하는 말인가.

“야, 집어치우고, 사령관에게 말 좀 해줘.”

야마가 돌았지만, 꾹 참고 부탁했다.

“무슨 말이요?”

“그냥 사실대로 말하면 되지 않을까. 난 여기 봉사하러 왔다고 말이야. 정치나 종교하고는 아무 상관이 없다고. 마을 사람들한테 과자도 주고, 약도 주고, 말춤도 가르쳐줬다고 말이야. 너한테 의족도 약속했고,”

나름 상냥한 미소를 지었지만, 입 주변이 바르르 경련하는 건 어쩔 수 없다. 만약 드라마였다면 발연기라는 댓글이 달렸으리라.

"그건 아저씨가 필요해서 한 거잖아요."

"뭣이?"

"카메라로 찍어 간 거, 한국에서 방영될 거잖아요. 그러면, 아저씨 인기만 올라가는 거 아니에요?"

능구렁이 같은 놈. 다 알고 있었나.

하긴, 닳고 닳은 사람들이다. 정부군과 반군, 미 해병대 틈바구니에서도 살아남았다. '외국 촬영팀'도 수없이 상대해봤을 것이다. 젠장, 여기서 제일 순진한 건 나였나.

"사령관은 아저씨를 의심하고 있어요."

"의심하다니, 뭘?"

"아저씨가 스파이래요."

워낙 말 같지 않은 소리라 웃어넘겼다. 난 군대도 면제―나름 합법이었다―받은 몸이다. 돌아가신 아버지는 말씀하셨다. 니가 만약 독립군이었다면, 귀만 잡아당겨도 동지들을 팔아넘겼을 거다, 니가 연예계로 빠져서 정말 다행이다, 라고. 그런 유언을 남기시고 눈을 감으셨다. 물론 이런 말을 이브라힘에게 하진 않았다.

"됐고, 내 배낭이나 갖고 와."

"저기, 아저씨."

"왜?"

"'플리즈'를 붙여주세요."

"'플리즈'라니, 그게 무슨 소리야?"

"배낭을 가져다주겠니, 플리즈. 그렇게 공손히 말해줬으면 좋겠어요."

이 자식은 나랑 영어 회화를 하자는 건가. 김 피디가 참혹하게 살해당했다. 나도 언제 목이 잘릴지, 총에 맞을지, 생매장당할지 알 수 없는 상황이다. 한국에서는 '멜로의 왕자'라고 불렸던 스타다. 절대로 '플리즈'라고 말할쏘냐.

"잔말 말고 내 배낭 가져와!"

"……"

"가져오라니까!"

이브라힘은 딴청을 피우며 휘파람을 분다. 새끼손가락으로 귓구멍까지 후비고 있다. 보자 보자 하니까, 이 자식이 정말!

"……배낭 좀 갖다주겠니, 플리즈."

눈물을 머금고 플리즈, 해주었다. 현실은 냉정한 법이다. 이브라힘은 쩔컹쩔컹 목발을 짚고 내 프라다 배낭을 가져왔다.

"비켜."

우선 핸드폰부터 꺼냈다. 콩고에 있는 한국대사관에 전화했지만, 연결이 되지 않는다. 유엔 사령부, 유니셰프 본부도 마찬가지. 전부 먹통이다. 당연하겠지. 통신 시설을 폭파하는 건 게릴라 전술의 기본이다. 아, 모든 것이 산산이 부서지고 말았다. 빌어먹을 아프리카. 도대체 나는 어떻게 되는 걸까.

"이브라힘, 도와줘. 여기서 날 내보내줘."

창피하게도 눈물이 나왔다.

"어디로 가시게요?"

그러게…… 어디로 가지…… 여긴 가젤과 임팔라가 뛰어다니는 곳이다. 보이는 거라곤 내장을 파먹힌 당나귀뿐. 모가디슈 공항까지는 지프를 타고 여덟 시간을 가야 한다. 당연히 택시라든가 우버 따윈 없다. 미친놈처럼 배낭을 뒤져봤으나 쓸 만한 건 아무것도 없었다. 아이들한테 줄 색연필 세트, 항생제, 기생충 약이 산더미처럼 남아 있다. 지금 이 상황에 하나도 도움이 되지 않는 것들이다. 어째서 호신용 가스총 하나 챙겨오지 않았을까. 어째서 지도 한 장 가져오지 않았을까. 너무 바보 같아서 펑펑 울고 말았다.

"울지 마세요."

"어떻게 안 울어?"

"아저씨는 안전해요."

"너야 흑인이니까 그렇지. 니들은 한패잖아!"

"목숨 걸고 싸우는 혁명가들이에요. 우릴 해방시키러 온 분들이라고요. 진정하시고, 제가 맛있는 거 드릴게요. 이런 거 드셔보신 적 있어요?"

이브라힘이 건넨 건 싸구려 초콜릿.

으아아아, 내가 거지냐? 분노를 폭발시키려는데, 젠장, 배가 너무 고팠다. 허겁지겁 먹다 보니 은박에 들러붙은 것까지 쪽쪽 핥고 있는 나를 발견했다. 창피해 죽을 것만 같아서,

"꼼짝 마라, 개자식!"

냅다 이브라힘의 소총을 낚아채 왔다.

"무릎 꿇어. 애송이 자식."

이브라힘은 별 저항 없이 무릎을 꿇었다. 한쪽 다리가 없어서 잠깐 균형을 잃고 기우뚱했다.

"나의 살과 뼈는 어차피 신의 것."

이브라힘은 나직이 코란을 외우기 시작했다.

"어디 또 '돼지 같은 놈'이라고 지껄여보시지? 아주 대가리를 날려줄 테니."

이브라힘은 죄송하다는 말도, 살려달라는 말도 하지 않는다. 내 눈을 똑바로 쳐다보면서 경건하게 어떤 멜로디를 흥얼거렸다. 이슬람 찬미가인 줄 알았는데, 들어보니 「강남 스타일」이다. 기어이 나는 뚜껑이 열렸다.

"이 깜둥이 자식, 자꾸 날 놀리지 말란 말이야!"

너무 열받아서 총으로 때릴 뻔했다. 순간 이브라힘의 절단된 무릎이 눈에 들어왔다. 소시지 끝처럼 오므려진 피부. 기이한 절단면. 톱으로 끊어내 울퉁불퉁한 뼈…… 이런 소년의 머리를, 나는 지금 총으로 겨누고 있다. 한쪽 다리가 불구인 아이를. 아아, 대체 나는 무슨 짓을 하고 있는 거냐. 여기 봉

사하러 와놓고선. 김혜자 선배는 『꽃으로도 때리지 말라』라는 책도 냈는데.

돼지 같은 놈.

그렇게 말한 건 나다.

*

이날 이후 내 안에서 뭔가 변했다.

세상에서 가장 불행한 소년의 눈을 총으로 겨눴다는 사실이 내겐 충격이었다. 물론 홧김에 한 행동이고, 방아쇠를 당기거나 진짜 살의를 품었던 건 아니다. 그래도 조금 전의 광기는 날 근본적으로 변화시켰다. 중요한 걸 깨달았다: 인간의 마음은 의외로 취약하다는 것, 광기와 사악함은 바로 우리 내면에 있다는 것, 그것은 잠복한 바이러스와 같다는 것, 끊임없이 경계하지 않으면 언제든 활성화될 수 있다는 것, 누구나 괴물이 될 수 있으며 히틀러나 폴 포트가 우리와 완전히 다른 사람이 아니라는 것, 그러니 우아한 척 고상 떨지 말고 항상 수양하듯 살아야 한다는 것.

참회하는 마음으로 일기장에 썼다. 역시 사람은 아픔이 있어야 바뀐다. 아아, 이런 걸 깨달으려고 아프리카에 왔나 보다. 비로소 삶에 대해 제대로 생각하게 되었다.

"형, 나도 모기장 안으로 들여보내줘. 여긴 모기가 너무 많
아."

모처럼 진지한 분위기를 깨는 김 피디.

애는 팔뚝만 남아도 주절주절이다.

"넌 모기한테 뜯겨도 상관없잖아."

더 이상 사람도 아닌데.

"아냐, 가려운 거 같아. 아마 환상통인가 봐."

터무니없는 소리를 지껄이는군.

몸통이 없는데 어떻게 가려움을 느낀다는 건가. 환상통은
갑자기 팔을 잃은 '사람'이 느끼는 거다. 미안하지만, 반쯤 썩
어버린 팔뚝 따위가 느끼는 게 아니다.

"형, 우리 한 대 빨까? 가방에 숨겨둔 거."

제정신인가. 이 마당에 마리화나를 피우는 게.

하지만, 사양하기엔 마리화나가 너무 고급이었다. 게다가
김 피디의 팔이 일종의 로봇팔처럼 조인트를 척척 말아 대령
하니, 니미럴, 한 모금 빨지 않을 도리가 없었다.

"형만 입이냐? 나도 좀 줘봐."

뼈다귀 주제에 뭘 어쩌려고? 코웃음 쳤는데, 팔뼈에 붙어 있
는 근육을 풀무처럼 부풀려 연기를 흡수한다. 정말 어처구니
없네, 라고 생각했다. 아프리카에 오니 별별 꼴을 다 겪는다.

"야, 하나, 둘, 셋…… 그다음 숫자가 뭐지?"

마리화나에 취하면 셋 이상을 셀 수 없게 된다.

"무슨 소리야, 형?"

"분명 다음 숫자가 있는데. 하나, 둘, 셋……"

"하나, 둘, 셋…… 그게 끝이야, 형."

"그런가?"

"그래."

"하지만, 하나, 둘, 셋…… 그다음 숫자가 뭐지?"

"무슨 소리야, 형?"

"분명 다음 숫자가 있는데. 하나, 둘, 셋……"

"하나, 둘, 셋…… 그게 끝이야, 형."

"그런가?"

"그래."

"하지만……"

약쟁이들의 대화란 원래 이렇다. 끊임없이 제자리를 맴돈다. 연극 「고도를 기다리며」의 고고와 디디 비슷하다. 사뮈엘 베케트도 사실 대마초 애호가가 아니었을까.

어쨌든 한 시간째 이러고 있자니, 하늘에서 음악이 내려왔다. 내가 핸드폰 벨 소리로 깔아놓은 힙합이다. 통신이 끊겼으니 전화가 올 리는 없고, 아프리카의 하느님도 힙합을 좋아하는군, 이라고 자연스럽게 생각했다. 역시나 "요, 아들아" 하는 신의 음성이 들려왔다. 흑인 하느님이라 그런지, 말투가

껄렁껄렁하다.

―요, 왓썹! 고생이 많구나. 서울 한번 보내주마, 브로.

말씀이 떨어지자마자, 신기하게도 잠실운동장이 펼쳐졌다.

생방송 중인 '24시간 기아 체험' 현장이었다. 혈색 좋은 한국인들이 '아프리카를 위해!' 하면서 쫄쫄 굶는 체험을 하고 있는 걸 보고 있자니, 슬슬 비위가 뒤틀린다.

"사랑의 횃불이 보이시나요?"

예쁘장한 아나운서가 야광봉을 흔들며 나타났다.

사랑의 횃불은 개뿔. 니 눈에 끼운 서클렌즈만 보인다.

그때 염색 머리 여고생이 "오빠" 하면서 내 앞에 섰다.

"오빠, 전 생일날에 비싼 선물을 받아본 적이 없어요. 그냥 엄마 아빠랑 돈가스를 먹은 게 다예요. 친구들은 생일 선물로 아이패드 받았다고 자랑하는데. 그래서 가출했고 담배도 피웠어요. 하지만, 사치였던 거죠. 이렇게 굶어보니 알겠네요. 아이들이 죽어가는데, 오빠는 아프리카까지 날아가서 봉사하는데, 전 바보였어요."

여고생이 울먹이자, 괜찮아, 괜찮아, 하면서 참가자들이 야광봉을 흔들어주었다. 만 명쯤 되는 사람들이 파도타기를 하자, 장관이었다. 거기에 소년 합창단원까지 「위 아 더 월드」를 부르고 있다. 너무도 어이가 없어서,

"배들이 불렀군."

라고 쏘아붙였더니, 다들 감전된 듯 조용해졌다.

"제발 그만들 좀 해. 여긴 지옥이야. 야만 그 자체라고! 편의점, 식당, 빵집, 카페, 러브호텔이 넘쳐나는 곳에서 대체 뭣들 하는 거야? 니들 너머로 롯데월드 마스코트가 보이잖아. 여긴 시체밖에 없거든? 가서 자이로드롭이나 타라."

당황한 아나운서가 상황을 수습하려고 나섰다. 손에 든 큐카드를 뒤적이더니 돼먹지 않은 휴머니즘을 운운한다.

"넌 빠져. 이런 행사에 오면서 풀메이크업을 한 주제에. 니미, 앞트임은 언제 한 거야?"

아나운서의 얼굴에서 핏기가 가셨다.

"니들은 아프리카에서 5분도 못 버틸 거다. 24시간 기아 체험이라고? 왜 24시간만 하지? 24시간 뒤에도 아프리카 아이들은 계속 굶주리고 죽어갈 텐데. 24시간 뒤에도 세계의 비극은 끝나지 않아. 니들은 마트에서 만두를 시식하듯, 고통과 절망을 시식하고 있는 거야. 그것도 토요일 딱 하루만. 게다가 이걸 생중계까지 하고 있지. 그걸로 광고 수입도 얻고, 변태 같은 만족감도 얻고 있어. 천벌을 받을 거다. 야, 김 피디가 잔혹하게 살해당했어. 반군 대장이 정글 칼로 목을 쳐버렸다고. 사람 몸에서 그렇게 많은 피가 나오는 건 처음 봤다. 바로 이런 걸 '체험'이라고 하는 거야. 아프리카는 개같아. 정말 개같다구! 차라리 그렇게 말하는 게 양심적이지 않아?"

“안녕히 계세요, 여러분!”

하얗게 질린 아나운서는 하늘로 뿅 사라졌다. 이른바 퇴사짤이라는, 요즘 인터넷에서 유행하는 짤이다. 이런 것도 마리화나가 주는 즐거움이다. 인터넷 없이도 재미있는 환상을 토막 영상으로 보여준다.

“그거 환상 아닌데, 형?”

하면서 찬물을 끼얹는 김 피디.

“뭔 소리야?”

“진짜 전화 왔었어, 형.”

찬물에 겨자탄노 섞는다.

“라이브 연결이었잖아. 역대급 방송 사고야. 형이 해냈어!”

핸드폰 통화기록을 보니, 이럴 수가.

삼 분 전까지 영상통화를 한 걸로 나와 있다. 몽롱했던 정신이 확 깬다. 허겁지겁 수신번호로 전화를 걸어봤지만, 빌어먹을 통신선은 두 번 다시 연결되지 않았다. 잠깐 통신망이 복구된 사이에 기적적으로 서울과 연결됐던 것이다. 생각해보니, 이번 일정표에 ‘24시간 기아 체험’ 진행자와 통화해 아프리카의 참상을 알리고 기부를 독려하기로 한 이벤트가 있었다.

“야, 미친놈아, 니가 말렸어야지!”

특전사든 해병대든 구조팀을 요청했어야 했다. 우라질, 대마초 흡연의 최대 단점이다. 이성의 제어가 느슨해지면서 너무 기분대로 행동하고 말았다. 정부가 금지하는 덴 다 이유가 있다.

"아니, 뭐, 형이 말린다고 안 할 사람이야?"

열받지만, 맞는 말이다.

"그래도 형, 아까 꽤 박력 있었어."

내심 후련하긴 하다. 생방송에서 눈치 보지 않고 쏟아냈다. 혹시 또 모르지. 기타노 다케시나 고든 램지처럼 독설로 뜨게 될지. 연예계는 알 수 없는 동네니까.

"뭐, 생방송의 묘미라고 할 수 있지."

이왕 이렇게 된 거, 긍정적으로 생각하기로 했다.

"아니, 그거 말고. 아까 이브라힘한테서 소총 뺏었잖아. 자세 나오던데? 뭐랄까, 「태극기 휘날리며」의 장동건 같았어. '우린 반드시 살아서 돌아갈 거야!'"

뼈다귀 주제에 연기까지 한다.

"총이 좀 무겁더라."

"구식 칼리시니코프잖아. 그거 한 오 킬로쯤 할걸? 이브라힘 녀석도 참. 형한테 '돼지'라고 하다니. 한국에선 나름 톱스타로 통하는데."

"정확히는 '돼지 같은 놈'이라고 했지."

"아깐 형 스스로 그렇게 말하더라. '돼지 같은 놈'이라고."

"말도 마라. 어찌나 열받던지, 웬만한 사람이었다면 진짜 이브라힘을 쏴버렸을 거야."

솔직히 털어놓았다.

컴컴한 움막 속에서 팔뼈와 마주하고 있으니, 뭔가 심리상 담소 분위기가 되었다. 대마초 연기마저 은은한 향초 구실을 한다.

"쏜 거나 다름없어, 형."

가슴에 꽂히는 비수.

"무슨 소리야? 말도 안 돼."

"형, 이브라힘의 머리를 정확히 겨눴잖이."

"겨, 겨누기만 했지."

"실탄을 장전했고."

"겁만 주려고 한 거야!"

"하지만, 나는 봤지."

"뭘?"

"방아쇠를 당겼잖아, 형."

"!"

날카로운 메스로 등을 째버린 느낌이다. 뒷목이 싸해지면 서 소름이 돋았다.

"검지로 방아쇠를 꾹 누르던데 뭘. 그것도 두 번씩이나. 첫 방에 발사가 안 되니, 또 눌렀지. 형이 안전장치라는 걸 몰

랐기 때문에 총알이 안 나간 것뿐이야. 안전장치가 풀렸다
면……"

"너, 입 닥쳐!"

"이브라힘은 머리가 날아갔겠지."

"닥치랬다!"

"형, 나한테까지 숨길 필요 없어. 형은 총을 쏜 거나 마찬가
지야. 한쪽 다리가 없는 불쌍한 흑인 꼬마를 쐈어. 왜 그런 짓
을 한 거야? 아프리카에 오니까 본심이 다 드러난다, 그치?"

"아냐! 말도 안 돼!"

"형은 총을 쏜 거야. 그 불쌍한 애를 쐈어."

"닥치라고! 닥쳐, 닥쳐!"

"쐈어, 쐈어. 히히."

화가 치밀어올라 팔뚝을 집어 던졌다. 그것은 팅, 팅, 쿠션
맞고 움막 밖으로 날아갔다. 뼈들이 분해되고 살점들이 흩어
지는 가운데에서도,

형은 총을 쏜 거야

형은 총을 쏜 거야

형은 총을 쏜 거야

형은 총을 쏜 거야

형은 총을 쏜 거야

조잘대는 통에 나는 완전히 꼭지가 돌았다. 분에 못 이겨

이판사판 대마초를 몽땅 입에 털어 넣고 움막 벽에 머리를 부딪쳤다. 그대로 시원하게 암전.

*

마지막으로 남길 말은?

이라고 묻지도 않았다. 정글 칼을 든 반군 대장은 날 질질 끌고 나갔다. 태양과 달이 동시에 뜬 오묘한 새벽이다. 그들은 날 무릎 꿇리고 성명서 같은 걸 읽었다. 눈앞에선 카메라가 돌아가고 있다. 얼굴로 바짝 디가온 렌즈는 거의 폭력이다. 카메라라는 건 무기이자 흉기였구나, 새삼 깨달았다. 드라마 세트장에선 죽었다 깨어나도 알 수 없었던 일이다.

"도대체 우리가 뭘 잘못했나요?"

악에 받쳐 물었다. 김 피디는 죽었고, 이제 나도 슬슬 마지막일 듯싶다.

"신의 영역을 침범했기 때문이다."

"신의 영역?"

"비디오로 허상을 만든 죄. 지나간 시간을 복원한 죄. 그 시공을 재생하는 자. 죽으리라.*"

* 김영승의 시 「모를 權利」 중 일부 차용.

그게 죄라면 스티븐 스필버그나 제임스 카메론 목부터 따야 하는 거 아닌가. 용기를 내 따졌더니, "할리우드는 너무 멀어서"라는 답이 돌아왔다. 젠장, 역시 아프리카는 제멋대로다. 이렇게 된 바에야 나 또한 될 대로 돼라, 다. 목숨을 애걸한다고 상황이 달라질 것 같지도 않다.

신 같은 거 믿지 않으니까 기도 따윈 할 필요가 없고, 터프하게 가그린이나 원샷했다. 한때는 정우성, 한석규, 이병헌의 후계자로 꼽혔던 라이징 스타. 깔끔한 민트 향을 기억하면서 떠나고 싶다. 하지만, 비장한 결심과 달리 반군 대장이 어깨를 툭 건드리자, 놀라서 꺄, 소리를 내고 말았다.

"저걸 보시오."

돌아보니, 별가루 같은 반딧불 아래 수상쩍은 상앗빛 물체가 늘어져 있다. 가까이 가서 보니, 그건 사람의 손뼈였다.

"아, 김 피디?"

그것은 달그락거리면서 지랄춤을 추고 있었다.

액션 무비

비밀요원 X는 일주일 만에 구두를 벗었다.

일주일 만에 구두를 벗는 생활. 그런 삶을 살다 보면 발가락뼈는 변형되고 발톱은 너덜너덜해진다. 오소리 발이 되는 것이다.

이렇게까지 하면서 살아야 하나.

문득 의문이 든다.

하지만 깊이 생각하지 않는다. 비밀 임무를 수행하느라 오소리 발이 되는 것. 남자가 일을 한다는 건 그런 의미다. 무릇 시대정신이 그렇다. X는 현관문을 닫고 구두를 벗었다. 구두 코에 케첩 자국 같은 혈흔이 튀어 있다. 임무를 수행하고 돌아오면 어쩔 수 없는 일이다.

"아, 난 살아 있어."

생존했기 때문에 핏자국을 볼 수 있는 것이다. 죽어버리면 얼룩이고 뭐고 체크할 여유 따윈 없다. 결국 그런 세계다. 죽느냐, 죽이느냐. 어떤 짓을 해서라도 생존할 것. 그것이 비밀 요원의 유일한 복음이다. 살아만 있다면 오소리 발이 되든 족제비 발이 되든 상관없다. 얼굴이 아예 족제비로 변해도 문제없다. 살 수만 있다면.

X는 신발장에 놓인 티슈를 뽑아 혈흔을 닦았다. 증거를 없애기 위해 훅, 라이터로 태웠다.

"아빠, 구두에 뭐가 묻었어?"

열 살짜리 아들이 고개를 내밀어 인사한다.

"응, 밀크커피."

침착하게 임기응변했다.

"그런데 휴지는 왜 태워?"

"어른이 하는 일이야."

X는 성대를 꾹 눌러 발음했다. 성대를 조이면서 말하면 위엄 있는 목소리가 나온다. X는 그런 식으로 품위를 유지해왔다. 집 안에서라고 예외는 아니다. 그는 재킷 주머니에서 월급봉투를 꺼내 아들의 손에 쥐여주었다.

"엄마 갖다줘라."

아들은 다다다, 달려가 제 엄마에게 봉투를 건넸다. 저녁을 준비하던 X의 아내가 돈 봉투를 찬장에 넣고 남편을 맞았다. 키 170센티미터에 긴 생머리, 허리엔 군살 하나 없다.

출산 경험이 있는 사십대 주부인데 저런 몸매가 가능한가.

아내를 본 X는 다시 의문이 들었다.

하지만 역시 깊이 파고들진 않는다. 사십대든 오십대든 여자라면 그런 몸매를 갖는 것이 이 시대의 정신이므로.

예민해졌어.

요즘 지극히 당연한 일에 의혹을 품는 일이 많아졌다. 전국 최고의 A급 스파이로서 그건 좋지 않다. 자신의 오소리 발, 아내의 글래머러스한 몸매. 사실 그런 것들은 전통처럼 굳어진 관습이라 의심할 여지가 없다.

"어서 와요. 도미찜 해놨어요."

X의 아내가 미소를 띠며 남편의 재킷을 받아 들었다. X는 냉철한 포커페이스로 아내의 인사를 받았다. 엄혹한 표정으로 아내의 인사를 받을 것. 그것 역시 당대의 정신이므로.

*

아, 난 싸움을 너무 잘하는 것 같아.

옷을 갈아입으며 X는 또 의문에 빠졌다.

한창때가 지난 마흔일곱인데도 격투에 능하다. X는 그간의 대결을 회상해보았다. 아무래도 방어와 공격이 너무 생각대로 맞아떨어진다. 상대가 흉악범이든 테러리스트이든 압도적으로 이겨왔다. 나이프, 권총, 만년필 촉, 심지어 나무젓가락, 어떤 무기라도 오케이. X는 절대 안 진다. 저놈이 칼로 내 간을 쑤시고 들어오겠구나, 예측하면 정확히 간 쪽으로 칼끝이 들어온다. 그러면 X는 딱 그만큼만 허리를 틀어 피한다. 칼날이 스친 자리는 셔츠만 조금 찢길 뿐, 실제로 찔린 적은 없다.

반격도 완벽하다. 이마를 쏴주지, 하고 총을 쏘면 적의 미간에 탄환이 박힌다. 어김이 없다. 한번쯤은 총알이 빗나갈 만도 한데 전혀 그런 적이 없었다. 언제나 명중. 언제나 클린 샷.

나, 이렇게 유능해도 되는 걸까.

자신의 유능함에 의문을 제기한 것은 처음이다. 물론 그는 처절한 특수훈련을 받았다. 죽고 죽이는 실전을 거쳤고, 분쟁국 용병으로 투입되었으며 샤프심 하나로 사람을 죽여봤다.

근데 어째서 내가 특수훈련을 받게 됐지?

또 이런저런 상념이 떠올랐지만 면밀히 따지지 않기로 했다. 지금 이 순간 발바닥으로 전해지는 촉감이 무척 안락하기 때문이다. 그는 욕실 앞에 놓인 털실 매트에 올라서 있다. 발바닥에 털실이 닿으면 뭐라 형언할 수 없는 그윽한 느낌이 난다. 발바닥 쾌감 앞에선 아이덴티티 따위 뒷전으로 밀릴 수밖에. '아, 난 살아 있어' 하는 안도감만 가득 찬다. 일주일 만에 구두를 벗으면 그런 장점이 있다. 털실 감촉만으로 인생에 감사하게 되는 것이다. 게다가 집에선 은은한 피죤 향이 풍기고, 베란다엔 아내의 브라가 한가로이 걸려 있다.

아, 가정이란 이런 거지.

X는 가슴이 녹아내렸다.

이대로 괜찮지 않은가.

따뜻한 목욕물에 몸을 담근 듯한 수긍도 있었다.

분위기를 바꾸기 위해 X는 라디오를 켜놓고 샤워했다. 신나는 팝송을 들으며 머리를 감고 있자니 행복이 이런 거구나 싶다. 자신이 지나치게 싸움을 잘하는 것에 대한 의혹은 샴푸 거품과 함께 사라졌다.

*

샤워를 마치고 나오자, 아내가 사과즙을 식탁에 내려놓았다. 손수 강판에 갈고 즙을 짜 정성이 가득하다. 마트나 편의점에서 파는 주스 따위와는 비교할 수 없다.

"달지요? 사과가 싱싱해요."

X의 아내는 언제나 존댓말을 쓴다. 신장 170센티에 몸매도 훌륭한데 찍찍 반말을 할 순 없는 법. 키 크고 볼륨감 있는 현

대 여성이라면 누구나 24시간 존댓말을 쓴다. 그건 너무 당연해서 관습이라고 하기에도 뭣하다.

X는 별 대꾸 없이 포커페이스로 사과즙을 마셨다. 빈 컵을 돌려줄 때 '고마워. 당신 최고야'란 말을 할 법도 한데 그는 그러지 않는다. 고맙다는 말을 하면 마음이 약해지기 때문이다. 이 바닥에서 약해지면 끝장, 이라는 게 X의 소신이다. 남자라면 다들 그렇게 산다.

"아빠, 나 트랜스젠더 변신."

아들이 여장을 하고 불쑥 튀어나왔다. 단발머리 가발을 썼고, 코밑엔 애교점을 그려 넣었다. 탱크톱에 미니스커트까지 갖춰 입었다. 부모의 허를 찌르는 막강한 재롱이었다. 아들은 드래그퀸이 되어 거실을 행진하고 있다. "핫둘, 핫둘" 구호에 맞춰 지휘봉까지 돌려가면서.

풋……

구경하던 X의 아내가 웃었다. 열 살 사내아이의 재롱이라기엔 수준이 높았던 것이다. 반면 X는 입을 꾹 다물고 땅콩만 집어 먹었다. 평소에 그는 웃지 않는 걸 기본으로 삼는다. 아들의 재롱에 히죽 넘어가버린다면 가장으로서 존경을 받을 수 있겠나, 하는 게 X의 오랜 관념이다. 아들이 제아무리 완벽한 여장을 해도 웃어선 안 된다. 트랜스젠더 쇼는 오 분간 이어지다 끝났다. X는 끝까지 웃어주지 않았다. 아들은 별로 서운한

기색도 없이 침착하게 가발을 벗고 애교점을 지웠다.

아빠는 뭔가 국가의 중책을 수행하는 사나이야.

속 깊은 아들은 이미 눈치채고 있었다. 그래서 웃어주지 않는 아빠에게 앙심을 품진 않는다. 오히려 존경심이 끓어올라 뺨이 붉어졌다. 아들의 홍조를 보고 X는 더욱 냉혹한 표정을 지었다.

아빠 최강.

X의 아들은 더더욱 안도했다. 아버지의 냉철한 포커페이스를 보면 자식은 깊은 신뢰를 갖기 마련이다. 아들은 애써 홍분을 감추고 『2차 세계대전─롬멜편』 그림책을 읽기 시작했다.

"피곤하군."

X는 터프하게 저녁 식사를 미루고 침실로 들어갔다.

"안녕히 주무세요, 아빠." 아들이 배꼽 인사를 했고, "쉬세요, 여보." 아내도 앞치마를 벗고 인사했다. X는 방에 들어가 문을 잠갔다.

철컥……

문이 잠기면서 쇳소리가 집 안에 울렸다. 피죤 향 은은한 가정에 어쩐지 어울리지 않는 날카로운 소리였다. 하지만 X의 아들은 거기에 대해 유감을 갖진 않았다. 아빠라면 누구나 터프하게 방문을 잠그는 법. 학교 친구들의 아빠도 죄다 그렇게 안방 문을 잠갔다. X의 아내 또한 남편이 문 잠그는 행위에 대해 불만이 없었다.

저이는 큰일을 하는 사람이야.

예전부터 확신하고 있었다.

물론 X는 자신이 비밀요원이라는 사실을 털어놓은 적이 없다. 하지만 가족들은 어느 순간 눈치를 채기 마련이다. 비밀요원이 아닌 남자가 한 집안의 가장이 되는 게 있을 수 있는 일인가. 무릇 시대가 그렇다.

저이는 극한의 긴장 속에 살고 있어. 그래서 저토록 과격하게 안방 문을 걸어 잠그는 거야. 내 사과즙을 마시고도 고맙다는 말을 하지 않는 거야.

전통과 상식이 그러하므로 순순히 납득할 수 있었다. 그녀는 평점심을 잃지 않고 남편이 싱크대에 던져둔 컵을 씻었다. 모든 게 정상이었다.

*

X는 스누피 수면양말을 신고 침대에 누웠다.

이 정도 권리는 있다는 판단이다. 일주일 동안 목숨 걸고 일했으면 당연한 것이다. 그는 권총집의 피스톨을 빼서 베개 밑에 두었다. 선인장 화분을 들추고, 천장 스프링클러도 뜯었다. 클린. 도청장치 없음. 이어 커튼을 젖히고 망원경으로 바깥 동태를 살핀다. 클린. 저격수 없음. 그제야 안도하고 다시 누웠다.

가만. 내 아들이 너무 잘생긴 건 아닌가.

또다시 사념에 빠지고 말았다.

그의 아들은 '열 살 소년의 표준'이라고 할 만큼 평범하다. 키 155센티에 턱선이 잘빠졌다. 피아니스트마냥 손가락이 길고 복근이 발달했다. 그뿐인가. 반항도 꽤 멋있게 한다. 얼마 전엔 "이런 게 인생이 아니잖아요" 하며 휙 제 방으로 들어가 버렸다. 부자 간 대화가 필요하다 싶을 땐 "아빠, 후배위라는 게 뭐죠?" 하며 먼저 물어온다. 타이밍이 뭔지 정확히 아는 녀석이다. 트랜스젠더 쇼 같은 재롱도 제시간에 내놓는다. 즉 지극히 평균적이다. 남의 집 아이와 다를 바가 없다.

X는 근본적인 것에 자꾸 회의를 품는 자신이 이상했다. 하지만 그 원인을 분석하기엔 몸이 너무 고단했다. 그는 담요를 턱까지 끌어올리고 눈을 감았다.

"아, 빵점짜리 작문 숙제."

불현듯 아들의 과제물이 떠올랐다. 아들은 지난주 글짓기 대회에서 빵점을 맞아 왔다. 노트 하단엔 '**아무리 SF라지만 현실감 부족**'이라는 심사평이 적혀 있었다.

"뭐였더라. '영화'라는 희한한 말이 등장했지."

아들의 작문은 '영화'가 테마였다. X로선 도통 이해할 수 없는 개념이었다. 도대체 '영화'라는 단어는 어디서 나온 거냐고 묻자, 아들은 자신이 직접 '비칠 영(映)'과 '그림 화(畫)'를 합성해 어휘를 만들었다고 대답했다. "너무 제멋대로인데"라고 X가 고개를 갸웃거리자 아들은 시무룩해졌다.

내용은 더욱 제멋대로였다. 머나먼 미래 사회. 시민들은 '영화'라는 대형 직사각형을 쳐다보면서 자신이 스파이라든가 특수부대 중령이 된 듯한 기분을 느낀다. 대형 직사각형 속에선 그림들이 움직이는데 그건 빛으로 만든 가짜 형체다. 형체들이 서로 사랑하거나 배신하고 자동차 추격을 벌이면, 미래인들은 그걸 주시하면서 감동하거나 눈물을 흘린다……대충 그런 내용이었다.

사람들이 돈까지 지불하고 '영화'란 걸 쳐다본다는 건데 전혀 리얼리티가 없었다. 스파이가 되고 싶으면 직접 스파이가 되면 그만이다. 어째서 '스파이 형체'를 보면서 스파이 기분을 낸다는 것인가. 대체 그런 사회가 가능하기나 한가.

X도 처음엔 빵점 받을 만하다고 생각했다. 하지만 아들의 작문엔 뭔가 철학적인 요소가 있는 것도 사실이었다. '이것이 현실이다'라고 누가 딱 집어 말할 수 있겠는가 말이다. X는 요즘 자신이 사물에 대해 엉뚱한 의심을 품는 게 아들의 작품 때문일지도 모른다고 생각했다. 거기에 대해 더 분석하려 했지만 이내 잠이 들고 말았다.

                                    *

낮에는 수업. 밤에는 살인. 두 얼굴의 고교 체육 교사.

푹 자고 일어난 X는 아내가 식탁 위에 놓아둔 신문부터 집었다. 일주일 치 잠을 몰아서 잤기 때문에 눈알이 깨끗해진 느낌이 든다. 오전 열한시였고, 아들은 학교에 가고 없다. 한 집안의 가장이 신문을 읽기에 최적의 환경이다.

석 달간 여고생 제자 6명 살해.

헤드라인 아래 그런 소제목이 붙었다.

X는 식탁 앞에 앉아 기사를 읽어 내려갔다. '영화'니 '리얼리티'니 더 이상 생각하지 않았다. 아들의 빵점 작문에 대해서도 까맣게 잊었다. 신문 활자를 읽고 있으니 확실히 잡념이 사라진다. 현실감이 돌아오는 것이다. 고교 체육 교사는 살인을 하고 여고생은 죽는다. 그건 유행이라고 해도 좋았다. 어딘가 마음을 푸근하게 하는 구석마저 있다.

X의 아내는 늦은 아침상을 차렸다. 삼치구이에 레몬즙을 뿌렸고, 간장에 고추냉이를 풀었다. 브로콜리를 데쳤고, 토란국의 간을 봤다. 마지막으로 백김치를 썰면서 그녀는 남편을 흘끗 바라봤다. X의 자세는 무척 곧았다. 척추를 꼿꼿이 펴고 목관절 각도 45도를 유지한 채 신문을 읽고 있다. 얼굴은 늘 그렇듯 차가운 포커페이스였다.

과연.

썰어놓은 백김치를 종지에 담으며 X의 아내는 감탄했다. 여고생 여섯 명이 살해당한 기사를 읽으면서도 남편은 의젓했던 것이다.

그건 이이가 저 사건을 해결한 장본인이기 때문이지.

달리 설명할 길이 없다. X가 일주일간 출장을 다녀온 다음 날에는 어김없이 강력 사건이 해결돼 있었다. 지난달에는 주한미군을 살해한 범인이 체포됐고, 두 달 전엔 잠실 쇼핑몰 총기 난사범이 저격당했다. 모두 남편이 출장을 마치고 돌아온 다음 날의 헤드라인이었다. 당시 남편은 무생채라든가 미나리를 씹으며 무심히 헤드라인을 읽었다. 오늘도 X는 밥에 백김치를 얹어 먹으며 덤덤히 신문을 본다. 체육 교사의 살인 행각을 날짜별로 정리한 그래픽에 시선을 주면서 우적우적 잘도 백김치를 씹는다.

"이번 출장은 어땠어요?"

슬쩍 떠보자,

"뭐, 그렇지."

X가 강렬한 반말로 답했다.

X의 반말은 풍속을 위반한다는 느낌이 전혀 없다. X의 아내는 그 점이 소중하게 여겨졌다.

"비즈니스는 잘 해결됐고요?"

"노란색 스펀지."

X는 신음하듯 내뱉았다. 체육 교사의 원룸을 덮쳤던 순간이 불쑥 떠올랐던 것이다. 여섯번째 희생자는 이미 죽어 있었고, 체육 교사는 톱으로 시체의 허벅지를 썰고 있었다. 절단된 허벅지에선 샛노란 피하지방이 스펀지처럼 비어져 나왔다. 여자의 신체엔 지방이 많아서 노란 스펀지가 하염없이 새어 나오는 법이다. 체육 교사는 욕실에 쭈그려 앉아 "지금은 공교육 중이야"라고 웅얼웅얼했다. 말을 하면서도 계속 톱질이었다. 욕실 바닥은 피바다였고, 노란 스펀지 같은 피하지방이 점점이 떠다녔다. X가 숱하게 봐온 일상적인 정경이라 놀라진 않았다. 그는 힘껏 달려들어 체육 교사의 턱을 깠다. 체육 교사의 앞니가 부러지면서 피가 튀었다. 구두에 묻었던 핏자국은 그때 튄 것이었다.

"뭐라고요? 노란색 스펀지?"

X의 아내가 물었다.

"남자가 하는 일에 신경 쓰지 마!"

X는 엄하게 꾸짖었다. 그건 관습이다. 아내가 뭔가 눈치챘다는 기미를 보일 땐 "신경 쓰지 마!"라고 윽박지를 것. 남자가 간간이 폭발해줘야 여자도 안심한다. 여편네에게 '노란색 스펀지'에 대해 고시랑고시랑 설명한다면 이 세상이 어떻게 굴러가겠는가. X의 아내도 거기에 대해선 이의가 없었다. X

도 태연하게 백김치, 삼치구이 위주로 밥을 먹었다.

역시.

X의 아내는 미소를 지었다. 저 남자는 듬직해. 그녀는 평범한 가정생활이 만족스러웠다. 가슴 깊이 안도한 그녀는 디저트를 만들기 위해 강판에 사과를 갈았다. X는 식사를 마치고 사과즙을 마셨다. 자신을 둘러싼 일상에는 한 점 의혹도 일지 않았다.

*

15시 30분. 명동 스타벅스 전멸.

접선 장소에 먼저 도착한 X는 그런 시나리오를 상상했다. 언제든 카페 안 손님들의 이마에 총알구멍이 뚫려도 이상할 것이 없다. 그게 인생이지, 라고 X는 생각했다. 카페 맞은편엔 해산물 뷔페 체인점이 우뚝 서 있었다. 옥상이 트여 있어 스타벅스 내부를 조준하기에 알맞다. 카페 손님들도 그 정도는 알고 있어서 다들 센스 있게 창가 테이블은 피해서 앉고 있다. 창가에 앉으면 저격당하기 딱 좋기 때문이다. 그런 건 상식이다.

X는 옆 테이블에서 데이트하는 커플을 흘끗 보았다. 대학생인 듯한 두 남녀가 커피를 마시며 케이크를 먹고 있었다.

그들은 포크를 든 채 수시로 주위를 곁눈질한다. 킬러가 다가
오진 않나, 누군가 시한폭탄을 설치하지 않나 체크하는 것이
다. 주변 경계에 힘쓰며 데이트하기. 그건 현대 연애의 기본
이다.

미래엔 '영화'라는 걸 보며 데이트한다고?

데이트 중인 커플을 보고 있자니 X는 다시금 아들의 빵점
작문이 떠올랐다. 도입부부터 두 연인이 어두운 실내에 들어
가 대형 직사각형을 멀거니 쳐다보는 에피소드가 나온다. 직
사각형 속에선 '비밀요원 형체'가 '테러분자 형체'와 목숨을
건 격투를 벌인다. 그걸 보면서 남자가 애인에게 "액션이 기
가 막히지?" 속삭인다는 설정인데, 역시 황당하다.

하지만 빵점으로 치부할 수만은 없어.

X는 채점이 공정하지 못하다고 느꼈다. '영화'를 통해 비밀
요원 기분을 실감할 수 있다면 그것도 일종의 리얼리티로 볼
수 있지 않을까, 라는 게 요즘 X의 관점이다.

"구관조 한 마리 사시겠습니까?"

이때 양키스 야구모자를 쓴 남자가 X에게 접근했다. 삼십
대 초반으로 자세가 매우 곧은 사내였다. 훈련받은 척추를 가
졌다.

"서울역 앞에서 구루마를 끌어도 당당하게 끈다."

X가 심드렁히 대꾸했다.

"더치페이가 좋을까요?"

양키스가 재차 찔러 들어왔다.

"사내 연애는 끝이 좋지 않더군."

코드를 확인한 그들은 악수를 나눴다. 양키스는 자연스럽게 X의 맞은편에 앉았다.

"체육 교사 사건은 뷰티풀."

"차나 한잔하지."

X는 캐모마일을, 남자는 홍차를 주문했다. 종업원이 몰래 방사능 캡슐을 떨어뜨리는 걸 방지하기 위해 그들은 카운터에서 뜨거운 물과 티백을 직접 받아 왔다. 양키스가 군더더기 없는 동작으로 X에게 성냥갑을 건넸다. X는 성냥갑을 열어 쪽지를 꺼냈다.

るhⅦ恐εEgφΔM

거기엔 암호화된 지령이 적혀 있었다. X는 매뉴얼대로 지령을 해독했다.

—리츠칼튼 호텔 705실에서 영국인 여자를 만날 것.

보안을 위해 X는 쪽지를 입에 넣고 차를 들이켰다. 이로써 지령 접수 완료. 경계심이 풀린 그는 양키스와 한담을 나눴다. 양배추의 효능과 도다리 쑥국에 대한 얘기를 두서없이 했다. 그러다 문득 생각났다는 듯 질문을 던졌다.

"자네, 혹시, '영화'라는 단어를 들어본 적 있나?"

"영화? 글쎄요, 무슨 암호 같은데요?"

그는 어깨를 으쓱했다.

X는 더 할 말이 없었다. 속으로는 '나도 주책이지'라며 자신을 탓했다. 열 살짜리가 멋대로 꾸며낸 말을 물어보다니. 실없는 요원으로 비칠 게 뻔하다. 용무가 끝났기에 X는 즉시 자리에서 일어났다. 컵을 반납대에 놓고, 사용한 냅킨을 쓰레기통에 버렸다. 이 모든 행위를 그는 왼손으로만 했다.

오른손은 언제나 비워둔다.

그것의 특수요원의 기본 자세다. 오른손은 피스톨을 잡기 위해서만 존재한다. 안녕, 손을 흔들거나 뒤통수를 긁으라고 있는 게 아니다. 물론 그는 양손으로 피스톨을 쏠 수 있는 훈련을 받았다. 하지만 항상 오른손 명중률이 왼손보다 10퍼센트쯤 높게 나왔다. 죽느냐 죽이느냐 상황에서의 10퍼센트. 그것은 목숨 전부와 같다.

X는 주변을 경계하며 뚜벅뚜벅 걸었다. 카페 안 테이블을 엄폐물로 삼으며 이동했다. 만에 하나 있을 총격전에 대비하는 것이다.

"선배는 김 국장 밑에서 일하십니까?"

양키스가 마지막으로 X를 테스트했다.

"그걸 밝히는 바보도 있나."

X는 명동거리의 인파 속으로 뛰어들었다.

*

영국 여자는 "체리맛 아이스크림 좋아하세요?"라고 묻고는 금세 비키니 차림이 되었다. X는 아찔한 수영복을 걸친 영국 여자를 훑어보았다. 키 178센티에 숱 많은 금발. 슈퍼모델에게도 꿀리지 않을 몸매와 옥스퍼드 출신의 이지적인 마스크. 그런 이십대 여자가 비키니만 입고 있다. 지금까지 숱한 인텔리 여성들이 X의 앞에서 옷을 벗어왔다. 그저 관행이었으며 X는 그걸 당연한 사회통념으로 받아들여왔다.

그런데 정말 당연한 걸까.

시간이 갈수록 X는 의심 때문에 임무에 집중하기가 어려웠다. 그는 영국 여자의 머리카락이며 안경을 만져보았다. 이 상황의 리얼리티를 확인하기 위해 수영복 끈을 당겼다가 놓았다. 탄력 있는 끈이 골반을 튕기며 탁, 소리를 냈다. 눈앞의 여자는 분명한 현실이다.

X가 혼란스러워하는 사이 영국 여자가 버지니아 슬림을 꺼내 물었다. 이전 여자들도 하나같이 버지니아 슬림을 피웠다. 이 기계적인 버지니아 슬림은 또 뭔가. 다시 의문이 들었다. 하지만 이것 역시 관행이었으므로 깊이 파헤쳐봤자 골치만 아팠다. X는 관자놀이를 꾹 누르며 일단 미션부터 수행하기로 했다.

"아름다운 장미일수록 가시가 많지."

중후한 중저음으로 읊조렸다.

여자는 훗, 웃고는 매끈한 다리를 X의 허벅지에 올려놓고, 긴 손톱으로 그의 뺨을 살살 긁었다. 물론 X는 도발되지 않는다. 이쯤에서 그녀가 도발적인 포즈를 취하리란 걸 예상하고 있었기 때문이다. 이전 여자들도 다 그래왔다. 러시아 여자도, 일본 여자도. 브라질 여자도, 아르메니안 여자도.

"브론스키가 보냈나?"

X가 단련된 포커페이스로 물었다. 섣불리 유혹에 넘어가는 일 없이 침착하게 자기 할 말을 한다.

"알고 있었군요."

영국 여자가 묘한 미소를 지었다.

브론스키? 사실 X도 모르는 이름이다. 왠지 '브론스키'라고 말해야 할 것 같아서 그렇게 말했을 뿐. 이전에도 X는 '라헨만이 보냈나?' '노노가 보냈나?' 기분 내키는 대로 말했다. 그러면 여자들이 '다 알고 있군요'라고 순순히 인정했다.

순간 X는 벌떡 일어나 여자의 머리를 낚아챘다. 짐작대로 뒷머리에 머리핀 모양의 암살용 독침이 끼워져 있었다. 스치기만 해도 그 자리에서 즉사. 부검하면 그저 심장마비로 판명될 뿐이다.

"아까 뺨을 간질일 때 날 죽일 수 있었을 텐데?"

X가 다그치자, 영국 여자는 혼절하듯 바닥에 쓰러졌다.

"그러기엔 당신은…… 너무 젠틀해."

그녀가 흐느끼기 시작했다.

내가 젠틀했나.

새삼 되짚어보니 젠틀했던 것 같기도 하다. 적어도 여자와 대화할 때 귀를 후비진 않았다. 그는 차분하게 영국 여자를 내려다보았다. 뭐 새로울 것도 없었다. 정체가 발각되어 울음을 터뜨리는 비키니를 그는 질리도록 보아왔다.

X는 롱코트를 집어 여자의 어깨에 둘러주었다. 늘 해왔던 대로 하는 것일 뿐이다. 그의 매너에 감동한 여자가 한층 격하게 운다.

"이제 당신이 위험해. 영국으로 떠나."

X는 입에서 나오는 대로 말했다. 아무렇게나 지껄인 말인데도 지금 상황에 매우 잘 맞아떨어졌다. 그는 테이블에 달러 뭉치와 런던행 비행기 티켓을 던져놓았다. 영국 여자는 계속 흐느꼈고 X는 쿨하게 객실 밖으로 걸어 나왔다.

매너리즘.

X는 그런 단어를 떠올렸다.

영국 여자에게 '우리 실뜨기 한번 할까?' 권했다면 어땠을까. X가 그런 생각을 안 했던 건 아니다. 하지만 실행에 옮길 수 없었다. 여자는 비키니만 입고 도도하게 버지니아 슬림을 피우고 있었다. 그런 자리에서 차마 실뜨기를 제안할 수가 없었다. 그는 관행대로 "아름다운 장미일수록 가시가 많지"라고 말했다. 그럴 수밖에 없었다. 현실의 힘이 X를 짓누르고 있어서 도저히 분위기에 어울리지 않는 짓을 할 수가 없었다.

현실의 힘은 어디서 오는 걸까.

X는 알 수 없었다. 분명한 건 이 세계에서 자신이 결정한 일은 하나도 없다는 사실이었다. 물론 그는 자신의 의지로 특수훈련을 받았고, 자신의 의지대로 살인마 체육 교사의 턱을 구둣발로 깠다. 하지만, 이라고 X는 생각했다. '특수훈련'이라는 틀, '턱을 깐다'라는 틀은 내가 만든 게 아니지 않은가. 그런 틀을 내가 스스로 덮어썼을 뿐이지 않은가. 영국 여자 역시 '비키니를 입는다'라는 틀에 자신을 끼워 맞춘 게 아닐까. 그렇게 생각하자 X는 무서워졌다.

*

이번에도 X는 일주일 만에 집에 돌아왔다.

일주일 동안 두 가지 임무를 해결했다. 영국 여자와 맞섰고, 방울토마토 농부를 처리했다. 양평 야산에서 찾아낸 농부는 극단주의자로서, 토마토를 재배하는 척하며 우라늄을 밀거래하고 있었다. 특별할 것 없는 일주일이었다.

늘 그랬듯 현관에서 구두를 체크한다. 앞코에 검붉은 얼룩이 묻어 있다. 핏자국인 줄 알았는데 토마토즙이었다. X는 농장을 습격할 때 토마토를 밟은 것을 기억했다. 토마토즙이라도 흔적은 흔적. 매뉴얼에 따라 티슈로 닦아내고 불태웠다.

"아빠. 엄마가……"

아들이 울면서 달려 나왔다.

엄마 잃은 아이답게 얼굴은 눈물범벅. X는 침착하게 아들의 얼굴을 뜯어보았다. 역시 지나치게 잘생긴 감이 있다. 우는 모습도 나무랄 데가 없다. X는 아들을 엄호하는 한편, 재킷 속의 피스톨을 꺼냈다. 침입자가 아직 집 안에 있을지 모른다.

"아빠가 왔으니 이젠 괜찮다."

X는 털실 매트 위에서 아들을 안아주었다. 문득 '실뜨기 할래?'란 문장이 머리를 스쳤지만, 도저히 입 밖에 낼 수가 없었다.

과연 아내는 피를 흘리며 소파에 쓰러져 있었다. 예상대로 가슴에 총을 맞았다. 관통상은 작고 깔끔해서 예쁘다는 인상마저 주었다. 다만 출혈 때문에 입고 있는 드레스는 지저분해졌다.

벌써 때가 되었나.

사실 아내의 죽음은 예정되어 있었다. 키 170센티에 몸매

좋은 아내가 흉탄에 죽는 건 흔한 일. X의 어머니도, 큰누나도, 장모도 그렇게 죽었다. 보통 여자라면 그런 식으로 생을 마감한다. 자연사라고 할까, 그게 순리다.

거실을 둘러보니 베란다 창문이 깨져 있다. 테러범이 레펠을 타고 침입해 아내를 쐈다는 걸 알 수 있었다. 흔한 수법이다. 단, 배후가 누구인지 짐작 가는 데는 없다.

잠시 후 벨이 울리고 X의 파트너가 "제수씨!" 울부짖으면서 들어왔다. 그는 성호를 긋고는 권총을 꺼냈다. "지옥까지 함께 갈 준비가 돼 있네." 복수를 다짐하면서 그는 잠깐 하품을 했다. 동료들의 복수극에 한두 번 참여한 게 아니기 때문에 그에게 복수란 약간 지루한 일이었다. 그걸 감추기 위해 그는 거실벽을 주먹으로 때리며 필요 이상으로 오열했다. 그러다가 기관총을 지원받기 위해 본부로 돌아갔다.

"너도 준비를 해둬라."

X는 아들에게 말했다.

아들은 내일 등굣길에 괴한에게 납치될 것이다. 정상적인 교육을 받은 아이라 그 정도는 알고 있다. 아들은 속옷을 갈아입고 필통에 옷핀을 챙겨 넣었다. 옷핀은 수갑을 풀 때 유용하다.

"놈들이 청테이프로 네 입을 붙일 거야."

"알아요."

“그러면 코로 숨을 쉬어라.”

“네.”

“잊지 마라. 코로 숨을 쉬는 거다.”

X는 아들을 꼭 끌어안았다.

아이는 영어 숙제를 하러 들어갔고, 그는 거실에 남았다. 냉장고에 자석으로 붙여놓은 가족사진을 보다가 문득 싱크대에서 강판을 발견했다. 아내가 사과를 갈 때 쓰던 것이었다. 생전의 아내를 떠올리며 X는 맨손으로 강판을 문질러 보았다. 살갗이 벗겨지면서 주룩 피가 흘렀다.

“현실이야.”

복잡한 심경으로 X는 위스키 병을 꺼냈다.

어찌 됐든 아내가 죽은 날 위스키를 마시는 건 남편의 도리. X는 밤새도록 혼자 위스키를 홀짝였다. 자신을 지켜보는 사람은 아무도 없었지만, 달리 다른 행동을 할 수가 없었다.

*

다음 날 X는 푸시업을 하면서 복수를 준비했다.

간단히 샤워하고 냉장고에서 사과를 꺼내 먹었다. 얼마 만인가, X는 새삼 놀랐다. 결혼한 이래 사과를 아작아작 씹어 먹은 건 처음이었다. 아내가 항상 사과를 갈아줬기 때문에 그는 다른 방식으로 사과를 먹는 걸 상상할 수 없었다.

"사과를 통째로 먹는 수도 있군."

뭔가 대단한 발견을 한 듯한 기분이었다. 그건 '내가 현실을 결정할 수도 있다'라는 감각이었다. 하지만 사과를 다 먹자, 그 벅찬 감정은 사라졌다.

아들은 이미 학교에 가고 없었다. 지금쯤 납치돼서 서울 외곽의 창고로 향하고 있을 것이다. 괴한들의 전화를 기다리는 동안 무료함을 달래려 아들의 책상을 쓰다듬었다. 그러다 서랍에서 노트 한 권을 발견했다. 언젠가 아들이 빵점을 받아온 SF 작문이었다. 첫 페이지엔 심사위원이 갈겨쓴 **'0점'**이 선명하다. X는 마음이 아파 '0점'을 손으로 가린 채 다시 글을 읽었다. '빵점짜리'라는 선입견을 지우니 그리 흉한 글은 아니었다. '영화'라는 개념도 심오한 데가 있다.

……미래 청년 아놀드는 매일 구두를 벗습니다. 매일 회사에 갔다가 매일 집에 돌아옵니다. 그런 규칙적인 일을 수행하고 매달 약간의 돈을 받습니다. "목숨을 걸고 달성해보고 싶은 목표가 있어서 일주일간 구두를 벗을 틈도 없이 일했어"라고 말하는 사람은 이 시대에 없습니다. 다들 회사에서 서류를 읽고, 회식을 하고, 집에 돌아와 '영화'를 보고 잠을 잡니다. 집에는 죄다 가정용 직사각형이 있어 '영화'를 봅니다. '영화' 덕분에 아놀드는 회사 일을 질리지도 않고 수행할 수

있습니다. 아놀드의 부모님도, 형제도, 친구도 그렇게 살고 있어서 딱히 불만은 없습니다.

오늘도 아놀드는 퇴근해서 '영화'를 봅니다. 가정용 직사각형 속에선 '잘생긴 싸움꾼 형체'가 누군가를 멋지게 응징합니다. 아놀드는 자신도 저런 멋진 모습이겠거니 하며 소파에서 잠이 듭니다. 주말에 그는 '실업자 형체'가 나오는 영화를 봅니다. 키 작고 직업도 없는 형체들은 '미녀 형체'들과 절대 결혼할 수 없다는 슬픈 로맨스. 아놀드는 "저렇게 살 순 없어" 하면서 다음 날 회사에서 좀 더 분발해 일합니다. 한편 아놀드의 짝사랑 마틸다는……

여기까지 읽었을 때 초인종이 울렸다. X는 방탄조끼를 입고 피스톨에 탄창을 결합했다. 탄창엔 실탄이 가득 차 있다. 현관문을 열자 키 178센티의 영국 여자가 서 있었다. X는 그다지 놀라지 않고 포커페이스를 유지했다. 영국 여자가 자신을 도우러 오리라는 걸 그는 이미 알고 있었다. 이 금발 미녀가 장차 아들의 새엄마가 되리라는 것도. 모든 게 톱니바퀴처럼 착착 맞아떨어졌다. 아내가 때맞춰 죽어주었고 아들은 납치됐으며 능력 있는 영국 여자가 자신에게 호감을 보인다. X로선 더 이상 현실에 의문을 품는 게 무의미했다.

"당신 아들이 위험해요."

영국 여자는 선글라스를 쓰며 말했다.

“영국으로 떠나지 않았나?”

“브론스키는 당신 혼자 상대할 수 없어요.”

아, 맞다. 브론스키.

그 이름을 잠시 잊고 있었다.

“꾸물거릴 시간이 없어요!”

영국 여자는 선글라스를 벗고 애스턴 마틴 키를 휙 던졌다. 탄력 있는 금발이 하늘하늘 출렁였고 목덜미에서는 근사한 향이 풍겼다.

“잠깐 기다려.”

X는 아들 방으로 돌아가 자문 노트의 ‘0점’을 빨간펜으로 직직 지우고 큼지막하게 ‘100점’이라고 썼다.

“자, 갈까.”

X는 영국 여자와 함께 집을 나섰다.

두 남녀의 바바리코트가 바람에 휘날렸다.

여행

싱크대에서 산낙지를 손질하다가 떠오른 소설이다.

이 년 전 여름, 연포탕이 먹고 싶어져 낙지를 사 왔다. 해남 '문학의 집'에 머물던 시절이라, 주변에 싱싱한 해산물이 많기도 많았다. 편의점 김밥을 사 먹듯 갑오징어, 도다리, 전복, 낙지, 숭어를 사 먹었다. 그것도 매일매일 싱싱한 횟감으로. 그러다 국물 요리가 먹고 싶어져 낙지를 사 온 것이다. 나름 낙지의 고통을 경감시키고자, 얼음물에 담가 기절시키고 있는데 아이디어가 떠올랐다.

―산낙지가 뜬금없이 텃밭에서 발견됨
―주인공은 서울의 사십대 주부. 삼인칭 시점. 생활형 결핍
―버려진 낙지를 바다로 방생하러 가는 모험

메모해놓고 보니, 좀 황당한 내용이다. 그래서 더욱 마음에 들었다. 플롯과 캐릭터가 정해졌기에 금방 쓸 줄 알았는데, 역시 쉽게 되는 일은 없다. 몇 차례 갈아엎고 나서야 이번 버전으로 탈고할 수 있었다.

어찌 됐든, 이날 연포탕은 아주 맛있었습니다.

반짝반짝 제니퍼

소설 속 제니퍼는 실제 모델이 있다.

이름은 다르지만, 금발 미국인이고 뉴욕에서 스트리퍼로 일했다. 그리고, 채식주의자다. 그녀와는 호주 배낭여행 중에 만났다. 당시 나는 남부의 작은 도시 애들레이드의 호스텔에 투숙했는데, 공교롭게도 손님이 없어 그녀와 단둘이 묵게 되었다. 단기 룸메이트라고 할까, 열흘 정도 한 공간에서 스트리퍼와 먹고 자고 했지만, 트러블은 전혀 없었다. 단, 그녀는

자신이 채식주의자라 주장하며 끼니때마다 내 밥과 반찬을 빼앗아 먹곤 했다. 본인이 채식주의자인 것과 내 쌀밥을 덜어 가는 것 사이에 대체 어떤 연관이 있다는 건지…… 하는 수 없이 밥을 이인분씩 하고, 계란프라이도 두 개씩 부쳐서 함께 먹었다. 밤이면 각자 침대에 누워 이런저런 이야기를 했다. 외국의 허름한 호스텔에서, 미국인 스트리퍼와 영어로 얘기하고 있자니, 뭔가 「비포 선라이즈」 같은 분위기가 되면서 말이 술술 나왔던 기억이 있다. 한국으로 돌아온 뒤에도 우린 이메일을 주고받았다. 독특하면서도 유쾌한 친구라, 꼭 한번 소설에 등장시키고 싶었다.

프러포즈

젊은 한국인 커플이 우연히 만난 백인 남자의 파티에 초대받는다. 이 외국인은 엄청난 부자이고, 애인 또한 여배우 뺨치게 아름답다. 이들의 사치스러운 호텔방에 초대받은 한국인 커플. 그들은 과연 어떤 선택을 할까. 이 소설은 그런 궁금증에서 출발했다. 고급 와인과 명품, 비싼 호텔방, 상류층, 키 크고 멋진 금발 외국인…… 이런 요소들은 우리가 선망하는 것들로, 텔레비전이나 영화 같은 미디어가 줄기차게 우리의 뇌에 좋다고 쑤셔 넣어온 것들이다. 선망은 곧 약점이 된다. 부러운 게 많은 사람은 약하다. 꼭 그처럼 소설 속 커플은 언뜻 화려해 보이는 외국인에게 '끌려가듯' 사로잡히고 만다. 결국 한국인 남자는 '끌려가듯' 여자 친구를 빼앗기게 된다. 납치 테마이지만, 범행 장소가 고작 거실에서 침실이라는 점이 아이로니컬하다. 소설 역사상 최단거리 납치극 아닐까. 사랑하는 여자 친구가 바로 눈앞에서 납치돼도 그는 아무런 저항을 하지 못한다. 왜일까. 답은 이미 정해져 있다. 바로 욕망과 콤플렉스 때문이다.

허니문

이 소설은 산에 대한 무서움을 깨닫게 된 것이 계기가 되었다. 집 근처에 산이 있어, 복길이(풍산개 수컷, 10살)를 데리고 자주 산에 오르는 편이다. 언젠가 가을 무렵, 이런저런 생각을 하고 걷느라 산중에서 해가 떨어지고 말았다. 갑자기 추워져 겁이 났는데, 설상가상 마티즈만 한 멧돼지와 마주쳤다. 후욱— 콧김을 뿜는 거대한 짐승과 마주하고 있자니, 정말 무서웠다. 어찌어찌 살아 돌아오긴 했지만, 이날 이후로는 산에 대한 경외심을 잊지 않고 산에 오른다.

—신혼부부가 허니문 중 가볍게 산에 올랐다가 조난을 당함.

이 소설은 그런 구상에서 출발했다. 결말이 정해져 있었으므로, 역순으로 플롯을 짜맞춰가며 썼다.

나를 충청도에 묻어주오

이 소설은 짐 자무쉬의 영화 「데드맨」이 모티프가 되었다.

조니 뎁의 조력자 역인 '노바디' 캐릭터를 그대로 따와서 썼다. 짐 자무쉬의 영화는 대체로 '재미'가 없는데, 그 '재미 없음'이 내 눈엔 참으로 혁명적이고 반항적으로 느껴져, 그 심심한 내레이션을 따라가다 보면, 오히려 가슴이 뜨거워지고 용기가 생기면서, 나도 세간의 평판 따위 무시하고 배짱 좋게 써봐야지, 하는 각오가 샘솟고 만다. 그런 계기로 쓰게 된 단편이다. 따로 플롯을 구상하지 않고, '양씨는 머리 가죽 이 벗겨진 채 발견됐다'라는 문장 하나를 첫머리에 박아놓고 그걸 핵분열시킨 뒤, 거기서 별처럼 쏟아져 나오는 문장들을 수습해, 원고지 80장 분량의 단편으로 만들어보았다. 제목은 물론 아메리칸 원주민의 비극적인 멸망사를 다룬 책 『나를 운 디드니에 묻어주오』에서 따왔다.

풍광 좋은 강원도 '토지문화관'에서 탈고했다.

연예인

'철없는 연예인이 아프리카로 봉사활동을 하러 갔다가 무장 반군의 인질이 된다'라는 착상으로 시작한 소설이다. 강자의 입장에서 순식간에 약자로 전락할 때, 인간은 어떤 반응을 보일까. 특히 체면이나 예의 같은 걸 생각할 수도 없는 최악의 상황에 처해졌을 때. 그 아이러니에 이끌렸다.

필연적으로 어두운 코미디가 될 수밖에 없는 소재인데, 쓰다 보니 다크함의 농도가 올라가고 말았다. 초콜릿으로 비유하면, 카카오 함량 85% 정도에 맞추자, 라고 계획했는데, 써놓고 보니 99%가 되어버린 케이스. '석탄 맛이 난다' '타이어 씹는 것 같다' 라는 원성이 귀에 들리는 듯하다. 하지만, 세상 어딘가에는 이런 맛을 좋아하는 독자도 있지 않을까, 기대하며 과감히 탈고했다.

액션 무비

캔버스에 그림을 그린다는 느낌으로 썼다.

집필 방식도 과감히 바꿔보았다. 쓰다가 막히면 모니터에 명화를 띄워놓고 명상하듯 쳐다보다가, 머릿속에서 뭔가 번뜩 지나가면 후다닥 한 문장씩 적어나가는 식으로 썼다. 전통적인 소설 구성에 필요한 사건이나 캐릭터는 일부러 배제했다.

주로 발튀스, 프랜시스 베이컨, 벡신스키의 작품들을 참고했고, 특히 발튀스의 그림을 많이 보았다. 그의 그림엔 뭔가 차원이 살짝 낮아지는 듯한—다른 명화처럼 차원이 높아지거나 고양되는 느낌이 아닌—덜컥거림이 있는데, 난 그 덜컥거림에 완전히 매혹되었다. 그럴듯한 논리에서 5°쯤 벗어난 듯한 덜걱거림. 그것을 소설 속으로 끌어오고 싶었다. 오래전에 쓴 단편이라 이번에 다시 봤는데, 역시 미술관에서 어슬렁어슬렁 그림을 보는 듯한 기분이 들어 아늑했다. 심지어 진한 테레빈유 냄새마저 나는 듯하다.

'캔버스에 유화'

그런 태그를 붙여놔도 잘 어울릴 듯 싶군요.

버라이어티

© 심재천

1판 1쇄 발행 | 2025년 12월 26일

지은이 | 심재천
펴낸이 | 정홍수
편집 | 김현숙 이명주
펴낸곳 | (주)도서출판 강
출판등록 | 2000년 8월 9일(제2000-185호)

주소 | 서울시 마포구 동교로17안길 21 (우 04002)
전화 | 02-325-9566
팩시밀리 | 02-325-8486
전자우편 | gangpub@hanmail.net

값 15,000원
ISBN 978-89-8218-377-5   03810

* 이 책은 경기도, 경기문화재단의 지원을 받아 발간되었습니다.